書下ろし

朱《しゅ》刃《じん》

風烈廻り与力・青柳剣一郎㉓

小杉健治

祥伝社文庫

目次

下谷坂本町「武州屋」
蔵前「後藤屋」
深川冬木町「飛騨屋」
箕輪
谷中
駒込片町
湯島天神
不忍池
本郷
池之端仲町
妻恋神社
小石川
駿河台
神田佐久間町
三味線堀
吉原
浅草
吾妻橋
隅田村
向島
本所石原町
三囲神社
押上村
亀戸天満宮
横川
柳橋
回向院
神田川
竪川
両国橋
隅田川
新大橋
南六間堀町
小名木川
八丁堀
仙台堀
佐賀町
永代橋
深川
洲崎
南町奉行所
三十間堀
新橋
北
東
西
南

巣鴨村
浜町堀界隈
柳原通り
八辻ヶ原
昌平橋
筋違橋
和泉橋
神田岩本町「上総屋」
神田須田町「伏見屋」
神田鍋町「上州屋」
馬喰町
横山町
両国広小路
米沢町「佐原屋」
薬研堀
元柳橋
緑橋
牢屋敷
大伝馬町
日本橋久松町「十字屋」
東堀留川
日本橋本町「生駒屋」
浜町堀
一石橋
日本橋
江戸橋
小網町
江戸城
露月町
芝神明宮
増上寺
「朱刃」の舞台

第一章　朱雀《すざく》太郎

一

旧暦九月の末。草は枯《か》れはじめ、木々は葉を落とし、川の流れも物寂しく、ものの哀《あわ》れがしみじみと胸に迫る。

江戸の人びとは季節の移ろいを暮しの糧《かて》とし、晩秋の風景の中にやがて訪れる厳しい冬に立ち向かう力強さを見いだしている。

だが、今年の冬隣りの季節はいつもと様相を異にした。三ヵ月ほど前から出没した火付盗賊の『朱雀太郎《すざくたろう》』のせいだ。

火付けや殺しを厭《いと》わない押込みである。これまでに、あわや大火事に発展しかねない付け火が二件あった。冬場の江戸は空気が乾燥し、乾《いぬい》（北西）の強風が吹き、火事が起こりやすく、いったん火災が発生すればたちまち延焼し、大火事になりやすい。

冬の到来を前に、なんとしても『朱雀太郎』を捕まえなければならない。

風のない夜でも、風烈廻り与力青柳剣一郎《あおやぎけんいちろう》は同心の礒島源太郎《いそじまげんたろう》と大信田新吾《おおしだしんご》を伴い町廻りに出ていた。

風烈廻りの見廻りは、失火や不穏な人間の動きを察知して付け火などを防ぐために行なわれるが、とくに風の烈《はげ》しい日は要注意であった。

だから風の強い日は剣一郎もいっしょに見廻りに加わってきた。だが、きょうのように風の穏やかな日に剣一郎が加わるのは異例であった。これも、『朱雀太郎』の魔の手から町を守るためである。

夜の五つ半(午後九時)を過ぎ、本町《ほんちよう》通りにはひと影もなく、大伝馬町《おおてんまちよう》から通《とおり》旅籠町《はたごちよう》、通油町《とおりあぶらちよう》を抜けて浜町堀《はまちようぼり》にかかる緑橋《みどりばし》に差しかかった。橋の西詰の袂《たもと》に夜鳴きそばの屋台が止まっていて、提灯《ちようちん》の明かりが暗がりに光っていた。

橋を渡るとき、屋台の方を見やると、客がひとりいた。

屋台の亭主の目の鋭さに、

「火盗改めの密偵だろう」

と、剣一郎は行き過ぎてから言った。

「亭主がですか」

礒島源太郎が屋台を振り返ってからきいた。

「客も、だ」

巡回しているのは風烈廻りだけでなく、南北の定町廻り同心も抱えの岡っ引きを動員し、さらに、火盗改めも見廻りをしているのだ。

南北の奉行所と火付盗賊改方が競って、火付盗賊を追っているのだ。

夜が更けるに従い、寒さが募《つの》ってきた。満天の星空にまるで変事を予兆するかのように赤く光る星が輝き、流れ星が消えた。

『朱雀太郎』と名乗る押込みがはじめて現れたのは、日本橋《にほんばし》本町二丁目の鼻緒問屋『生駒屋《いこまや》』だった。

三月《みつき》前の七月初め。表戸を叩《たた》く音に番頭が土間におり、潜《くぐ》り戸の内側から外に、

「どちらさまですか」

と、呼びかけた。四つ（午後十時）になろうかという時刻だった。

「『朱雀太郎』さまのお出ましにあられる。戸を開けなさい」

外から、横柄《おうへい》な声が返って来た。

番頭は不審を抱き、

「夜分遅うございますから、明日にでも出直してください」

と、突っぱねた。

「ならぬ。今開けぬと朱雀太郎さまのお怒りに触れる。よいのか」

声の主が威《おど》した。

「どうぞ、お帰りください」

番頭は薄気味悪く思いながら引き上げるように言う。

「ならば、やむをえん」

しばらく戸の内側で様子を窺《うかが》っていたが、静かになったことに安心して番頭が部屋に戻りかけたとき、焦《こ》げ臭い匂いがした。振り返ると、戸の下から煙が入り込んでいる。あっ、と驚き、番頭が戸を開けると、覆面に黒装束の者たちが押し入って来た。

その中の一人に、真っ赤な覆面をした男がいた。細身の男で、覆面から覗《のぞ》く目元は若そうだったという。その男が、首領の『朱雀太郎』と思われた。

「静かにしろ。騒ぐと、この家に火をつける」

龕灯提灯《がんどうぢょうちん》を持った男が番頭たちの動きを封じ込めた。

そして、主人の部屋に案内させ、主人に、

「土蔵の鍵《かぎ》を出すのだ。さもないと、この店は炎に包まれる。さあ、出せ」

そうやって、鍵を出させ、土蔵から千両箱を盗んだ。その間、僅《わず》かな時間だったが、主人たちは金縛りにあったように動けなかった。

次に押し入られたのは蔵前《くらまえ》の札差《ふださし》『後藤屋《ごとうや》』だった。同じような手口で表の潜り戸を開けさせ、侵入した。しかし、札差の主人が豪気な男だったので、賊の要求を撥《は》ねつけた。すると、賊は主人を脇差《わきざし》で斬りつけて殺し、家に火をつけたのだ。

金は奪われなかったが、『後藤屋』の主人は殺され、屋敷は全焼した。周辺の家を数軒焼いただけで済んだが、これが冬場であったら、大火事になっていたかもしれないのだ。

今までに五軒の大店が襲われた。

『生駒屋』、『後藤屋』の出来事が瓦版《かわらばん》で報じられ、『朱雀太郎』という名が江戸中に知れ渡った。そのため、『後藤屋』の事件後、二軒の商家が『朱雀太郎』の襲来になすすべもなく、無条件に土蔵を開けていた。

ただ、今月のはじめ、五軒目に襲われた神田須田町《かんだすだちょう》の酒問屋『伏見屋《ふしみや》』は用心棒に腕の立つ浪人をふたり雇い、『朱雀太郎』に備えていた。

表に『朱雀太郎』が現れたとき、番頭はすぐに用心棒を呼びにやった。そして、あえて潜り戸を開けて、『朱雀太郎』を中に入れたのだ。

た。

「米沢町《よねざわちょう》です」

梯子の上から大声で応じる。

「よし」

剣一郎は駆けた。

やがて、前方の空が明るくなった。風はないが、旋風《せんぷう》が起こり、火の粉が夜空に噴き上げられていた。その火の粉が四方に飛んでいる。

米沢町に入ると、逃げまどうひとでごった返していた。

「落ち着け。風はないから火の手は追って来ない」

剣一郎は逃げまどう人びとを落ち着かせようとした。

「源太郎。野次馬を端に寄せろ。信吾は、避難する者を横山町の自身番近くにある空き地に誘導しろ」

「はっ」

剣一郎はさらに現場に近づいた。土蔵造りの店が炎に包まれていた。炎が高く上がり、やがて母屋《おもや》が焼け落ちた。町火消一番組『に』組の火消が、すでに火元に到着し、鳶口《とびぐち》を使って周辺の家々を壊していた。延焼を防ぐためである。

両国広小路《りょうごくひろこうじ》が近いので、そっちに避難した者も多いようだった。

まだ、奉行所からは誰も駆けつけていない。付近を見廻り中の植村京之進《うえむらきょうのしん》たちも、ここから離れた場所にいるのだろう。

「よせ、だめだ」

「離してください」

組頭半纏《はんてん》の火消のかしらが番頭ふうの男を引き止めていた。

「どうした?」

「この番頭が炎の中に引き返そうとしているんです」

「そなたは?」

燃えた木の弾ける音や柱の崩《くず》れた音に負けないような大声を出した。

「薬種問屋の『佐原屋《さわらや》』の番頭で嘉助《かすけ》と申します。中に、旦那さまが」

「逃げ遅れたのか」

「いえ。刀で斬られました。金も奪われて……。このままでは、旦那さまが可哀《かわい》そうです」

主人は『朱雀太郎』の一味に斬られ、そのあとに火をつけられたのだ。

「まだ、生きていたのか」

「いえ……。肩から袈裟懸《けさが》けにされたので……。途中まで旦那さまの体を背負って逃げたのですが、火のまわりが速く、自分の身を守るのが精一杯で……」

番頭は声を詰まらせた。

「無理もない。しかし、これでは無理だ。あとはあっしたちに任せて、みなのところに行きなせえ」

火消のかしらが怒鳴る。

「みな、どこに逃げたのだ？」

剣一郎は確かめた。

「内儀さんが、実家の『上総屋《かずさや》』さんに行くように言ってました」

嘉助が答える。

「場所は？」

「はい。神田岩本町《いわもとちょう》です」

岩本町なら火の手が向かう恐れはない。

「そなたも、『上総屋』に向かうのだ。内儀さんが心配している」

周辺の家々が火消によって壊されていく。『佐原屋』の隣の家の屋根に、『に』組の纏《まとい》が上がった。纏持ちの近くまで炎が迫っている。

野次馬から歓声が上がり、消火活動に勢いがついたようだった。そこに、別の組の火消が到着した。

風がないので、遠くまでの延焼は抑《おさ》えられそうだった。

番頭を『上総屋』に向かわせてから、剣一郎は路地を出て、野次馬の中に目をやった。

『朱雀太郎』の仲間が様子を見ているのではないかと、考えたのだ。

すると、ふと顔を隠した男がいた。四十ぐらいの細面《ほそおもて》の眉毛《まゆげ》の濃い男だ。やせているが背は高い。剣一郎は野次馬をかき分け、男を追った。明らかに、男は逃げて行く。

やっと野次馬をかき分けたが、すでに男の姿はなかった。

現場に戻ると、植村京之進がやって来ていた。

だいぶ下火になっていた。

「『朱雀太郎』が薬種問屋の『佐原屋』に押し入った。主人を殺し、金を奪って逃げたそうだ」

「無念です」

京之進が歯嚙《はが》みをした。

「火事の方はだいじょうぶそうだ。ともかく、『佐原屋』の奉公人から話を聞こう。岩本町の『上総屋』に避難しているそうだ」

「畏《かしこ》まりました」

京之進といっしょに岩本町の袋物問屋の『上総屋』に向かった。『佐原屋』の内儀の実家ということだった。

馬喰町《ばくろちょう》を過ぎ、岩本町にやって来た。振り返ると、さっきまで高く舞い上がっていた炎もだいぶ小さくなっていた。

『上総屋』では、庭に面した部屋の間の襖《ふすま》を外した大広間に、焼け出された『佐原屋』の人間を受け入れていた。『上総屋』の奉公人が総出で被災者の手助けをしていた。

「『佐原屋』の内儀はおるか」

京之進が大声できいた。

はいと言って、上品な女が大広間の奥の部屋から出てきた。憔悴《しょうすい》した顔で、若い男に支えられている。若い男は二十二、三歳。息子のようだった。

ふたりの後ろに武士がいた。色白で、眉毛が濃く、刃物のような鋭い目をしている。三十半ばだ。

「ごくろうだな、青痣与力どの」

横柄《おうへい》な物言いで、武士が剣一郎に声をかけた。

「山脇《やまわき》どの」

火盗改め与力の山脇竜太郎《りゅうたろう》だった。

「やはり、『朱雀太郎』の仕業だ。『佐原屋』の主人は殺されたそうだ。必ず、我ら火盗改めが、捕まえてやる」

山脇竜太郎が剣一郎に挑《いど》むように言ってから去って行った。

火盗改めは、火付け、盗賊や博打《ばくち》などの極悪人を怪しいと思えば容赦なく、どこへでも踏み込んで、どしどし捕まえることが出来る。奉行所のように、証拠がどうのこうのという七面倒くさいことは必要ないのだ。

あとは拷問にかけて、一切を白状させる。極悪人に対してはやむを得ない面もあるが、そんな荒っぽいやり口はひとつ間違えれば、無実の人間を罪に陥《おとしい》れる危険性がある。

「火盗改めには負けられぬぞ」

剣一郎は京之進にひそかに言った。

無関係の人間を罪に落とさないためには、火盗改めと張り合わねばならないのだ。

「はい」

京之進も厳しい顔で応じ、改めて『佐原屋』の内儀に向かった。泣き腫《は》らした顔をしていた。

『佐原屋』の内儀か。つらいだろうが、詳しいことを聞かせてもらいたい」

京之進が促《うなが》した。

「はい。なんなりと」

「私から」

そう言って、若い男が口を入れた。

「おまえさんは?」

「はい。『佐原屋』の伜《せがれ》で、新五郎《しんごろう》と申します」

「うむ。では、話してもらおう」

新五郎は口を開いた。

「四つ前でした。私が帳場に行き、算盤《そろばん》の稽古をしている丁稚《でっち》たちに、そろそろ寝るようにと告げたとき、潜り戸を叩いて誰かが表にきました。私はとっさにいま世間を騒がしている『朱雀太郎』ではないかと思いました。ともかく、番頭さんが戸口まで行き、どちらさまですかと声をかけたのです。すると、『朱雀太郎』の参上だ。速やかに戸を開けろという声が聞こえました。胆《きも》を潰《つぶ》して、私はすぐ裏口から手代《てだい》を自身番に知らせに走らせようとしたのです。そしたら、裏口にも仲間が待ち構えていたのです」

裏口から『朱雀太郎』の一味がどっと入り込んで土間にやって来て、潜り戸を開けて表にいる『朱雀太郎』を中に引き入れた。

「龕灯提灯を持った男が、騒ぐと火を放つと威したのです。言われるままに、おとっつあんの部屋まで行きました。おとっつあんは素直に土蔵の鍵を出しました。賊が土蔵に行っている間、私とおっかさんは龕灯提灯の男に、監視されていました。そのうち、金をとった賊が引き上げにかかりました。その中の侍の賊を見て、おとっつあんがあっと叫んだんです。すると、いきなり、その賊がおとっつあんに走り寄り、刀で……」

賊の中に、浪人が三人いることはこれまでの被害者の証言からわかっている。

「主人は何で声を上げたのかわからぬか」

京之進が確かめた。

「はい。わかりません」

新五郎は悲しげに顔を歪《ゆが》めた。

「内儀さんは、どうだ?」

「わかりません」

「たとえば、その賊が自分の知っている人間によく似ていたから、主人が驚いて声を上げたとも考えられるが」

京之進が記憶を引き出させるように言う。

「はい。ただ、賊は覆面をしていましたので、顔は最初からわかりませんでした」

新五郎は首をかしげながら答える。

「その賊の侍に、何か身体的な特徴はなかったか。肥《ふと》っていたとか、背が高かったとか、あるいは足を引きずっていたとか、どんなことでもいい」

剣一郎は口をはさんだ。

「いえ。ふつうの体格でした。これといって……。いえ。あっ、そういえば」

内儀が何かを思い出したようだった。

「その賊は引き上げるとき咳《せき》をしました」

「咳?」

「そうです。思い出しました」

内儀が目を見開いた。

「その賊が部屋を出るとき乾いた咳を二、三度したのです。そのあとで、主人があっと声を上げたのです」

「そうでした。賊は咳をしました。おとっつあんは咳を聞いて、誰かを思い浮かべたのかもしれません」

新五郎もそれに間違いないと言った。

「その咳を以前聞いた覚えは？」

「いいえ、わかりません」

「かつて、薬を求めに来た客ではないか。番頭か店番の者がわかるかもしれない」

剣一郎と京之進は奉公人たちが固まっている大広間に行った。さっきの番頭も疲れたように座りこんでいた。

京之進が奉公人たちに向かって、

「賊の中で、咳《せ》き込んでいた者がいたそうだ。誰か、聞いた者がいるか」

と、きいた。

お互い顔を見合わせ、みなそれぞれが首を横に振った。番頭も気づかなかったと答えた。賊が咳をしたのは、一度だけだったようだ。

「最近高麗人参《こうらいにんじん》を買い求めに来た浪人はいなかったか」

労咳《ろうがい》には高麗人参がきくとされている。だが、高麗人参は非常に高価なものだ。

「いえ、気がつきませんでした。たまたま主人が店に出ていたときに客としてやって来たのかもしれません」

番頭は答えた。

「あの」

新五郎が遠慮がちに口を開いた。

「客とは限りません。おとっつあんは労咳には強い関心を示していました。だから、遊びに行った先で、乾いた咳をした者がいると、薬を飲んでいるかとこっちから声をかけることがありました」

「そうか。賊と知り合ったのは、なにも店とは限らないということか」

「はい」

京之進がため息をついた。

「だが、賊が主人を殺し、さらに火を放ったのは、主人が咳から賊の正体に気づきそうになったからに間違いないだろう。これは大きな手掛かりだ」

剣一郎が京之進に言った。

「はい。この線から賊に迫って行くことが出来そうでございます」

京之進が勢い込んで言った。

「どうぞ、一刻も早く主人の仇《かたき》をとってください。主人を殺され、お店まで焼かれ、悔しくてなりません」

内儀は涙声で訴えた。

「必ず、仇をとってやる」

京之進は力強くうなずいた。

剣一郎は京之進とともに外に出た。

「咳の賊が唯一の手掛かりといってよい。労咳にかかっている浪人を探すのだ。医者にかかっているやもしれぬ」

剣一郎は京之進に言った。

再び、米沢町の『佐原屋』に行くと、火事は鎮火に向かっていた。

奉行所から火事場掛かり与力がやって来て、火消たちに指図をし、焼跡を調べていた。やがて、小さな動きがあった。焼死体が見つかったのだ。

戸板に載せられ、黒焦げになった遺体が運び出された。『佐原屋』の主人であろう。なまじ声を出したばかりに、と剣一郎は遺体に手を合わせた。佐原屋は賊のひとりに知った人間の特徴を見つけたのだ。それで、覚えず声が出た。気づかれたと思った賊は主人を殺した。だが、それだけではなく、火まで放った。

卑劣な者たちめ。剣一郎は怒りが込み上げて来た。

翌朝、編笠《あみがさ》をかぶって、剣一郎は米沢町の『佐原屋』の焼跡にやって来た。

晩秋の弱い陽射しが燃え落ちた柱や瓦礫《がれき》を照らしている。土蔵を残して、ほとんど焼け落ちていた。

だが、奉公人やかけつけた『佐原屋』の親戚《しんせき》筋の者たちが焼跡の片づけをはじめていた。瓦礫を大八車に積んで、どこかに運んで行く。

黙々と働いている。主人が殺されたこともあり、みな暗い顔だ。

過去、『佐原屋』も含めて被害にあった六軒の商家の主人や奉公人たちから聞いた話をまとめると、賊の姿がぼんやり透けて見えてくる。

一味は十人弱ほど。みな黒い布で顔を覆《おお》っているが、『朱雀太郎』と呼ばれる若い男だけが炎のような赤い覆面をしていた。

三人ぐらいが浪人とみられ、その中のひとりが労咳を患《わずら》っている可能性がある。

『朱雀太郎』は若い男だ。そんな若い男が、十人近くもの一味のかしらとは思えない。おかしらの伜かもしれない。いずれにしろ、後ろ盾《だて》の者が控えているのだろう。

『朱雀太郎』が付け火をするのは火事の混乱に乗じて盗みをするためではなく、土蔵の鍵を出させるための威しなのだ。そして、家人が逆らったときの見せしめのためでもある。

現場付近で忙しそうに動き回っている男がいた。読売屋だ。瓦版に事件の記事を刷って世間に知らせる。『朱雀太郎』のことも、読売によって江戸中に知れ渡っていた。

金を奪われた上に、主人が殺され、火を放たれた。このことを知った人びとは、ますます『朱雀太郎』に恐れを抱くようになるだろう。『朱雀太郎』の名を聞いただけで、無条件に賊を引き入れ、金を奪われるのを指をくわえて見ているだけの商家が続出するかもしれない。

それは裏を返せば、奉行所への不信だ。やがて、世間は奉行所の無策を責めるようになるだろう。

二

中山道倉賀野宿《なかせんどうくらがのしゆく》の石灯籠《いしどうろう》の明かりがようやく見えて来た。藪原《やぶはら》の家を出て、七兵衛《しちべえ》が鳥居峠《とりいとうげ》を越えたのは三日前だ。きのうは軽井沢宿《かるいざわじゆく》泊まりで、今朝早く宿を発ち、碓氷峠《うすい》の難所を越え、横川《よこかわ》、五料《ごりよう》、松井田《まついだ》と過ぎた。晩秋で、陽が落ちるとぐっと寒くなる。高崎《たかさき》を過ぎた頃から辺りは暗くなっていた。

若いころなら、陽の落ちる前に着いたはずだ。疾風《はやて》の七兵衛も老いたものだと、自嘲《じちよう》ぎみに呟《つぶや》き、旅籠《はたご》を求めて宿場に足を踏み入れた。

この倉賀野宿は近くの烏川河岸《からすがわがし》から船が江戸に出て興隆を極めている。さらに、日光例幣使《につこうれいへいし》街道もここから分岐をしており、飯盛女《めしもりおんな》も多く、賑わっていた。

七兵衛は四十半ばになるが、まだ色気は失っていない。馴染みの飯盛女のいる宿に向かって左右を見ながら歩いていると、肥《ふと》った女の客引きが通りの真ん中まで出て来て、いきなり七兵衛の腕をとった。

「これ、およしなされ。私は決まった宿が……」

七兵衛はあわてて言ったが、女はしっかり腕を摑んでいた。

「どうぞ、うちへお泊まりくだせえ」

「いや、私は……」

「どうぞ」

七兵衛は大柄な女に引きずられるように『高木屋《たかぎや》』という旅籠の土間に入った。わけがわからないままに、上がり口に座らされた。

「お客さん。いま、濯《すす》ぎをお持ちしますだ」

色白の頬《ほお》のふっくらとした顔だちの女だった。二十二、三歳か。かいがいしく、足を洗い、手拭《てぬぐ》いで足を拭《ふ》いてくれた。

「ありがとうよ」

七兵衛は板敷の間に上がり、女中に導かれるまま帳場横の梯子段で二階に上がった。女中の足首の白さが眩《まばゆ》い。

部屋に通され、七兵衛は窓辺に立った。まだ、この時間に到着する旅人も多い。近在の若者も女目当てに遊びに来るのでたいそうな賑わいだ。

「宿帳をお願いします」

背後で女中が言う。

「どれ」

振り向いて、宿帳を受け取った。そして、すらすらと手慣れた筆跡で『江戸神田須田町・仰木屋《おうぎや》七兵衛』と宿帳に書き込んだ。

「こちらにはご商売でしたか」

女中が興味深そうにきいた。

「はい。小間物の仕入れに」

七兵衛は適当に話を合わせる。

七兵衛は江戸にいる庄蔵《しょうぞう》に会いに行くところだった。庄蔵は自分と同じく朱雀の秀太郎の子分だった男で、引退した今、浜町堀の近くでひっそりと暮らしている。稼いでためた金を子分たちに気前よく分け与え、秀太郎が盗っ人稼業から足を洗ったのは三年前だった。

若いころからいっしょに行動を共にしてきた七兵衛は、最後まで秀太郎についていった。そして、藪原に住み着き、分け前の金でのんびりと暮らした。藪原は「お六《ろく》櫛《ぐし》」と呼ばれる木櫛の生産が盛んで、七兵衛も旅人に土産《みやげ》として売っていた。


中山道藪原宿の外れにある家に、七兵衛が駆けつけたのは十日前のことだった。

「お待ちかねです」

身の廻りの世話を焼いている土地の女がすぐに七兵衛を秀太郎の病床に招じた。

秀太郎が寝ついて一年になる。

「おかしら。お呼びだそうで」

七兵衛は枕元に座って声をかけた。

「七兵衛。待っていた」

秀太郎は体を起こした。

「だいじょうぶですかえ」

介添えの女がすぐに手を貸す。

「なに、だいじょうぶだ。今年一杯は持つだろう」

「おかしら。そんな、気弱なことを」

「自分の体のことは自分がよくわかる。ただ、最後に頼みがある」

秀太郎はぐっと大きな目を剝《む》いた。昔は、その目に見据えられたら体が凍りついてしまったものだ。

「なんでしょう」

七兵衛は身を乗り出した。

「先日、江戸からの旅人から聞いた。江戸で、火付け盗賊が出没しているそうだ」

「火付け盗賊ですかえ」

「表戸より堂々と押しかけ、『朱雀太郎』と名乗って戸を開けさせる」

「朱雀太郎……」

七兵衛はきき返した。

「そうだ。そう名乗っているそうだ。そして、潜り戸を開けなければ火を放つ。抵抗すれば殺す」

秀太郎の顔が怒りから紅潮してきた。

「『朱雀太郎』とは、まさか?」

七兵衛が半信半疑できく。

「気になる」

「しかし、朱雀の哲《てつ》がそんなことをするとは思えません……」

「俺もそう思う。哲太郎《てつたろう》は江戸の南を任せてある。だから、東方の京橋《きょうばし》から日本橋、浅草《あさくさ》方面のことには関知しないということも考えられるが、自分の名を勝手に使われたようなものだ。哲太郎が傍観しているとは思えねえ。『朱雀太郎』が出没するようになって三ヵ月経つ。いまだに、『朱雀太郎』の横行を許しているのはただごとじゃねえ」

「ええ」

「それに、東のほうは昌《まさ》がいる。昌五郎《まさごろう》まで手をこまねいているのも妙だ。自分の縄張りを、謎の盗賊が荒し回っていることに黙っていられるような男ではないはずだ」

「仰《おつしや》るとおりです」

秀太郎は三年前まで江戸を中心に関東周辺を荒し回っていた盗賊だった。多いときには手下が十人以上いて、殺生《せっしょう》はしないというのを鉄則にしていた。掟《おきて》を破った者は容赦なく制裁をする。ひとを殺した者には死を、怪我《けが》をさせたものには腕を切り落とす。厳しく統制を取る代わり、役目に応じて平等に分け前を配分していたので、めったに掟を破るような者はなく、腕利きの盗賊一味として知られていた。しかし、逆に残虐な行為を繰り返していた『霧《きり》の鮒吉《ふなきち》』一味とは激しく反目し合っていた。

その教えは哲太郎や昌五郎の胸に深く叩き込まれているはずだ。だから、哲太郎が『朱雀太郎』であるはずがない。そう思いながらも、ふたりがどうしているのか気になる。

「七兵衛。すまねえが、江戸に行ってくれ」

「わかりやした。哲太郎や昌五郎に会ってきます」

「そうしてくれ。もう、縁を切ったも同然だが、やはり気になるのだ。頼む」

すっかりやつれ、頬のこけた顔を向け、秀太郎は哀願するように言ったのだった。

「お客さん。お風呂に入ってくだせえ。ご案内するだよ」

女中が声をかけた。

「よし」

七兵衛は手拭いを持って、女中のあとに従った。

反対側の階段をおりると、風呂場があった。

「お食事の支度をしておきますだ」

「ああ、頼む。そうそう、一本つけておいてくれ」

「はい」

女は去って行った。

小さいが檜《ひのき》の風呂で、湯は熱いくらいだった。疲れがどっと出た。俺も歳をとったと、寂しくなった。以前はきょうぐらい歩いたって疲れなど知らなかった。

窓から星が見えた。若いころなら、いっきに江戸まで走れたろうが、いまは無理だ。疲れが残る。江戸で動き回らねばならないことを考えて体力温存のために、烏川から船で江戸に向かうつもりだった。

ふと三味線《しゃみせん》の音が聞こえてきた。隣の旅籠で、宴会が開かれているようだ。

風呂から上がって部屋に戻ると、夕餉《ゆうげ》の膳が出ていた。

膳の前に座ったとき、女中が酒を持ってやって来た。

「さあ、どうぞ」

「すまない。賑やかだな」

酌《しゃく》を受けながら、七兵衛はきいた。嬌声《きょうせい》が聞こえてきた。

「申し訳ありませんだ」

「なあに、気にならねえよ。三味線を弾ける飯盛女がいるのかえ」

「いえ、土地の芸者ですだ。あとでお呼びいたしますかね」

金を持っているとみたか、女中が言う。

「いや。いい」

「あの、お客さん」

女中が真顔になった。

「遊ぶんなら、妓女《あそびめ》を呼ぶことも出来るだよ」

「なに。ここにも飯盛女がいるのか」

「え、ええ」

女中が急にもじもじしだした。

おやっと思って、猪口《ちょこ》を口に運ぶ手を止めた。はたと七兵衛は気づいた。

この女中が相手をするのだ。そうに違いないと思った。頬の赤い肥った女を抱く気にもなれず、七兵衛はやんわりと断った。

「いや、もうこの年になると色気のほうはあんまし……」

「そうですかい」

女中はがっかりしたように言う。

「おまえさんは土地の者かえ」

「はい。ここから一里（四キロ）ほど行った村ですだ」

「そうか。ふた親は達者か」

「はい。子どもを預かってもらってるんで」

「子ども？　おまえさんに子どもがいるのか」

「はい」

「じゃあ、離ればなれに暮らしているのか」

「仕方ないですだ。私が稼がなくちゃなんねえですから」

「亭主は？」

「三年前に江戸に出稼ぎに行ったきり……」

間を置いてから、女中はしんみりと言った。

「江戸のどこに行ったのかわかっているのか」

「どこかの飯場で働いていたらしいが、半年足らずで辞めて、そのまま行方がわからなくなったとか。いっしょに行った村のもんがそう言ってましただ」

「そうか。ご亭主の名は？」

「五助《ごすけ》と言いますだ」

「五助さんか。で、姐《ねえ》さんは？」

「私はお花《はな》です」

「もし、江戸で五助さんに会うことがあったら帰るように言っておこう」

七兵衛は猪口の酒を呑み干してから言った。

「無理だと思いますだ。五助は江戸でいい女が出来たみたいですから。きっと、いまは面白おかしく暮らしているに違えねえ」

お花は一瞬きっとした。

外で、宿の主人がお花を呼んでいた。

「じゃあ、あとはお願いしますだよ」

あわてて、お花は部屋を出て行った。

面白おかしく暮らしている、か。七兵衛は首を振った。世の中、そんな甘いもんじゃねえ、と呟いた。五助がどんな男かわからないが、女房と子どもを置いて自分だけ浮かれていられるとも思われない。五助も江戸で帰るに帰れないつらい日々を送っているのかもしれない。

宴席の騒ぎは遅くまで続いた。が、七兵衛はその夜はぐっすり眠った。

翌朝、朝餉をとり終わったあと、七兵衛はお花が膳を片づけに来るのを待って、

「お花さん。これは世話になった礼だ。子どもに何か買ってやりなさい」

と、一両を差しだした。

「とんでもねえことだ。こんなに受け取れねえ」

お花は尻込みしたように遠慮した。

「いいから、とっておきなさい」

七兵衛は無理に押しつけた。

「お客さん。ありがとうございます。助かりますだ」

「なあに、さあ、仕舞っておきなさい」

七兵衛は旅装を整え、道中差しと振り分けにした荷物を持って部屋を出た。

帳場で宿代を支払い、お花に見送られて、宿をあとにした。旅立ちの客で宿場は賑わっていた。

七兵衛は烏川河岸に向かった。

河岸は積み荷の荷車でごった返していた。上信越《じょうしんえつ》の大名の年貢米、大麦、大豆、

煙草《たばこ》、絹、綿などがここに運び込まれ、船で江戸に向かうのだ。

その船便に乗せてもらうつもりだった。船積問屋の番頭に頼み込めば、荷物といっしょに乗せてくれるはずだ。

思った以上に、足は衰《おとろ》えていた。江戸まで三日。平舟の荷物といっしょでは楽しい船旅とは言えないが、それは体力を温存するためには仕方なかった。『朱雀太郎』と名乗る盗賊一味の中に、朱雀の哲こと哲太郎がいるのかどうか。別人だとしたら、哲太郎がどうして黙って見逃しているのか。おかしらの秀太郎に頼まれたからだけでなく、七兵衛も江戸で何が起こっているのか知りたかった。

七兵衛は勇躍、船積問屋に向かった。

三

その日、出仕した剣一郎は与力部屋にて江戸の地図を広げ、『朱雀太郎』に襲われた商家の場所に碁石《ごいし》を置いていった。

最初は日本橋本町二丁目の鼻緒問屋『生駒屋』、次が蔵前の札差『後藤屋』、三軒目が深川冬木町《ふかがわふゆきちょう》の材木商『飛騨屋《ひだや》』、四軒目が下谷坂本町《したやさかもとちょう》にある呉服問屋『武州屋《ぶしゅうや》』、五軒目が神田須田町の酒問屋『伏見屋』、そして先日の米沢町の薬種問屋の『佐原屋』である。

被害に遭った商家は江戸の東部にある。これは、『朱雀太郎』一味の根城が東部にあるからと、単純に考えてよいのか。

朱雀太郎と名乗っているのはなぜか。朱雀とは、四神《しじん》のひとつであり、南方を守護する神である。しかし、襲撃した商家は江戸の東部ばかりだ。

単に名乗っているだけで、意味はないのかもしれない。ただ、五行《ごぎょう》思想からいうと、朱雀は火、すなわち炎を司《つかさど》る。そこに、付け火との関連を窺わせるが……。

だが、しょせん『朱雀太郎』という名乗りから、手掛かりを摑《つか》もうとするのは無駄なのか。

ただ、これまで雲を摑むような一味について、ようやく糸口らしきものが摑めた。

一味に、胸を患っている侍がいる。

いま、京之進たちは町医者、あるいは薬種屋を訪ね、胸を患っている侍について聞き込みを続けている。

これ以上、『朱雀太郎』をのさばらせることはならない。第七の押込みを防がねばならない。そう思いながら、もう一度、地図に目を落とした。

やはり、剣一郎は襲撃場所が東部に固まっていることに引っかかるのだ。ただ、朱雀は南の方角の守護神である。朱雀を名乗るにも拘《かか》わらず、なぜ東部に押込み先が集まっているのか。

堂々巡りのように、またもそのことを考えていた。

方位はまったく関係ないのか。いや、待てよ。東部と考えた地域はお城を中心に江戸を東西南北にわけたときの場所だ。もし、その地域が、何かの南に当たるとしたら……。

たとえば、その北方に『朱雀太郎』の隠れ家があるとか。その考えに立って地図を見た。北部は箕輪《みのわ》、日暮里《にっぽり》、あるいは向島《むこうじま》か。

確かに、その方面に一味の隠れ家があってもおかしくないが……。

地図を見つめている目の端にひと影をとらえた。顔を上げると、見習いの若い男が近づいて来た。

「失礼いたします」

使いの者が剣一郎のそばに座った。今までは坂本時次郎《さかもとときじろう》が使いとしてやって来たが、すでに時次郎は本勤並になっていた。

「青柳さま。宇野《うの》さまがお呼びにございます」

少し緊張した声で、見習い与力が言った。まだ十六歳で、見習いに上がってひと月足らずだ。

「ごくろう。どうだ、少しは馴《な》れたか」

剣一郎は伜剣之助《せがれけんのすけ》が見習いに上がった頃のことを思い出しながら声をかけた。

「わからないことばかりですが、皆さまに教えていただきながらなんとかやっています」

「よし。何か困ったことがあれば、遠慮なく相談に来るのだ」

「はい。ありがとうございます」

剣一郎は立ち上がった。

宇野清左衛門《せいざえもん》の用件は想像がついた。長谷川四郎兵衛《はせがわしろべえ》が呼んでいるのに違いない。きのう、登城したお奉行は老中から何か言われたに違いない。

年番方与力部屋に行くと、宇野清左衛門は難しい顔で小机に向かっていた。奉行所全般の取締りから金銭面の管理など、年番方与力は実質的には奉行所内の長であり、諸々のことに対処しなければならない。いかに、お奉行といえど、年番方与力の宇野清左衛門の力なくしては奉行職をこなしていくことは出来ない。

「宇野さま。お呼びにございましょうか」

手が休むのを待って、剣一郎は声をかけた。

「青柳どのか。ごくろうであった」

「はっ」

「長谷川どのがお呼びなのだ」

「わかりました」

やはり、そうだったと、剣一郎は軽く会釈《えしやく》をした。

宇野清左衛門と内与力の部屋の隣の部屋に行って待っていると、長谷川四郎兵衛がいつものように前屈《かが》みの姿勢でやって来た。

不機嫌そうな表情だ。もっとも、いつもそうであり、四郎兵衛の笑った顔を見たことはない。

向かいに座るなり、四郎兵衛はいらだたしげに切り出した。

「一昨夜、またしても『朱雀太郎』なる凶賊にしてやられたではないか」

「はっ」

剣一郎は軽く頭を下げた。

「きのう、お奉行はご老中より早く解決するようにと叱咤《しつた》されたそうだ。このままでは、被害が甚大になるばかり。幕閣内では、頼るは火盗改めだけだと思っている者が多いらしい」

南北の奉行所は老中の管轄下にあるが、火盗改めは若年寄に属する。

「町奉行所では頼りにならぬということで、火盗改めをもう一組増やすべきだという意見が出ているそうだ」

「もう一組？」

「そうだ。『朱雀太郎』捕縛に専従する火盗改めだ。そんな事態になったら、奉行所は凶賊を捕らえる力がないのだと世間に知らしめるようなものだ」

そもそも、奉行所でなかなか取り締まれない犯罪に対処するために、御先手組頭《おさきて》に火盗改め役を兼務させたのである。この上、もう一組臨時の火盗改め役が出来ることは、奉行所では『朱雀太郎』の探索は無理だという烙印《らくいん》を押されたも同然になる。

「よいか。なんとしてでも、そのような事態になる前に、『朱雀太郎』を捕まえるのだ。火盗改めに遅れをとってはならぬ。お奉行の、いや奉行所の面目にかけても火盗改めに負けるでない」

「もとより」

宇野清左衛門も火盗改めには敵愾心《てきがいしん》を燃やしていた。

「最近の大きな事件は、ほとんど我が南町で解決しております。それも、青柳どののお力が大でござる」

「うむ。それは認めよう。青柳どの、今度も頼む」

珍しく、四郎兵衛が剣一郎に頭を下げた。

「身命を賭《と》して、必ずや『朱雀太郎』一味を壊滅してみせます」

「場合によっては……。いや」

四郎兵衛が珍しく言いよどんだ。

「長谷川どの、何か」

「うむ」

意を決したように、改めて四郎兵衛は剣一郎と清左衛門の顔を交互に見てから、

「『朱雀太郎』は今までの相手と少し違うような気がする。場合によっては、倅どのにも手伝わせたらいかがかと思ってな」

「剣之助にですか」

思いがけない言葉に、剣一郎は戸惑《とまど》った。

「いや、あくまでも場合によってだ」

この長谷川四郎兵衛は何かと剣一郎を目の敵《かたき》にした。その理由は、剣一郎が内与力制度に批判的だったからだろう。

新任の奉行が自分の家来から何人か引き連れて内与力として奉行所で勤務させる。したがって、奉行が代われば、内与力も奉行所を去って行く。しかし、手当は奉行所から出る。そのぶん、奉行所の与力の禄米が減るわけだ。そんなことより、内与力はお奉行の威を笠《かさ》に着て威張るものも多い。

剣一郎が内与力は不要であるという考えだから、四郎兵衛は剣一郎のことを面白く思っていないのだ。

そんな四郎兵衛だが、なぜか剣之助には好意的なのだ。

「いや、それはいい考えかもしれぬ」

四郎兵衛の考えに、清左衛門が同調した。

「しかし、剣之助はまだ若輩です」

剣一郎は異を唱えたが、

「いや、青柳どの。剣之助は剣の使い手であり、若いながらなかなかの人物だ。十分に青柳どのの力になり申そう」

と、四郎兵衛が返した。

清左衛門もしきりに頷いている。

妙な具合になった。

「わかりました。そのときには、剣之助の手を借りることに致します」

剣一郎はその場を取り繕《つくろ》うように収めた。

四郎兵衛と別れ、年番方の部屋に戻ってから、剣一郎は清左衛門に小声できいた。

「私を目の敵にしている長谷川さまは、どういうわけか剣之助を高く買ってくださっています。どうしてなのか、おわかりでしょうか」

「剣之助が素直でいい青年だからであろう」

「はあ」

いや、そんなことではないはずだ。素直でいい青年だとしたら、坂本時次郎も同じだ。

清左衛門からはっきりした答は得られなかった。

夕方になって、奉行所に戻った植村京之進を空き部屋に呼び寄せた。

「きょうは、『佐原屋』の主人の葬式であったな」

剣一郎はきいた。

「はい。本郷《ほんごう》にある『佐原屋』の菩提寺《ぼだいじ》で執《と》り行なわれました。特に、あやしい人間は見当たりませんでした」

京之進は『朱雀太郎』一味が様子を見に来るかもしれないということで葬式に顔を出したのだ。

「で、例のほうは何かわかったか」

剣一郎はさっそくきいた。

「何人かの漢方医を訪ねたところ、労咳の浪人がふたりわかりました。そのふたりを調べましたが、ひとりはほとんで寝たきりで、もうひとりも押込みが出来るような状態ではありませんでした。さらに、引き続き調べてみます」

「うむ」

「それから、漢方医のところには我らより先に火盗改めがやって来たようです。あの与力の……」

「山脇竜太郎か」

「はい」

「妙だな。どうして、山脇どのは賊の咳のことを……」

剣一郎は不思議に思った。

山脇竜太郎が去ったあとに、内儀は咳のことを思い出したのだ。

剣一郎はあのときのことを思い出してみた。内儀から話を聞こうとして奥の部屋に向かったとき、山脇竜太郎が出て来たのだ。竜太郎はそのまま立ち去って行った。話を聞いたとき、内儀と伜の新五郎のふたりしかいなかった。その時点では、内儀は賊の咳のことを思い出していないはずだ。それとも、内儀は剣一郎の前で、いま思い出したように話したというのか。内儀にそんな演技が出来たとは思えない。

伜か。伜が竜太郎に咳のことを話した。そのあとで、竜太郎からそのことを奉行所の人間には言うなと口止めされた。だが、内儀が思い出したので、伜は隠し切れずに口にした。だが、いまひとつ、腑《ふ》に落ちない。

「ようするに、火盗改めも労咳にかかった浪人を探しているということだな」

「はい。火盗改めは我らと張り合う思いを、こちらの想像以上に激しく持っているように思えます」

京之進が吐息混じりに言った。

「いや。我らだけではない。じつは、幕閣には、『朱雀太郎』の探索のために、臨時の火盗改めをもう一組作るべきだという意見があるらしい」

「もう一組の火盗改めですか」

「そうだ。そうなると、山脇どのも与力としての立場がなくなる。だから、山脇どのも必死なのだろう」

「競う相手は奉行所だけではないということですね」

「そうだ。我らとて、黙って手をこまねいているわけにはいかぬ」

「必ずや、南町の手で『朱雀太郎』を」

京之進は顔を紅潮させ、激しい闘志を燃やした。


奉行所から帰宅した剣一郎は着流しに着替え、編笠をかぶって屋敷を出た。

山脇竜太郎が、どうして咳のことを知ったのか。そのことが気になった。あのとき、咳の話は竜太郎が帰ったあとに出たのだ。

あるいは、奉行所の人間が引き上げたあと、再び竜太郎が訪れ、咳の話を聞いたのかもしれない。それならそれでいい。どうして、火盗改めが咳のことを知ったのか、そのわけが知りたいだけなのだ。

江戸橋《えどばし》を渡り、葭町《よしちょう》から人形《にんぎょう》町《ちょう》通りをまっすぐ岩本町に向かった。西の空の夕焼けの色もだんだん消えて行く。

内儀は実家の袋物問屋の『上総屋』にいる。『佐原屋』の建物は焼け落ち、主人の亡骸は『上総屋』に運ばれ、昨日が通夜で、きょうが葬式だった。

もう葬式も終わり、菩提寺から引き上げて来ただろうことを見越しての訪問だ。

途中で、暮六つ（午後六時）の鐘が鳴り出した。『上総屋』に着くと、ちょうど丁稚が大戸を閉めようとしていた。

丁稚が編笠の下の顔を見て、すぐ店に入って行った。頬の青痣《あおあざ》に気付いたのかもしれない。『上総屋』の番頭が出て来た。

「青柳さま」

「『佐原屋』の内儀に会いたいのだが、帰って来ているか」

「はい。先ほどお帰りでございます。いま、聞いて参ります」

番頭は奥に引っ込んだ。

仕事を終え、家路を急ぐ職人や買い物帰りの女たちが行き交い、岡持《おかもち》を提《さ》げた出前持ちや棒手振《ぼてふ》りも通り過ぎて行く。

番頭がやって来た。

「どうぞ、こちらへ」

通り庭を通り、台所を抜けて庭に出た。内庭に面した部屋に、内儀と伜が待っていた。内儀が廊下に出て来た。

「取り込みの最中にすまないが、ききたいことがある」

剣一郎は切り出した。

「どうぞ、お上がりください」

内儀が言う。

「いや、話はすぐ終わる。一昨日、火盗改めの与力が来ていたな」

「はい」

「あの与力に、賊が咳をしたことを話したか」

「いえ、話しておりません」

「他の誰も？」

「はい。伜も、私が思い出すまで忘れていましたから」

「あの与力は何をきいたのだな」

「主人が殺されたときの様子をきかれました。賊を見て、あっと声を上げたあと斬られたという話をしました。主人が賊の何に驚いたのかわかりませんと答えました。そしたら、それ以上は何もきかずに、ちょうど青柳さまたちがいらっしゃって」

「そうか」

剣一郎は腑に落ちなかったが、内儀が嘘《うそ》をついているようには思えなかったし、また嘘をつく必要もない。新五郎もそうだ。

どうして、咳のことがわかったのか。考えられることはひとつしかない。剣一郎はある想像をし、そのことに間違いないと思った。

「店の再開の目処《めど》は立ちそうか」

「はい。火事場の片づけが終わり次第、普請をはじめます。その間は、仮の店で、商売をはじめようと思っています。幸い、伜が跡継ぎとして修業を積んで来ましたし」

ほとんどの大店は火事に備え、深川に木材を備蓄してある。それらを運んで来て、店の普請がはじまるのだ。

「青柳さま。どうか、おとっつあんの仇をとってください。お願いします」

新五郎が訴えるように言った。

「必ずや、捕まえてみせる」

剣一郎は自分自身にも言い聞かせるように力強く応じた。

四

倉賀野の烏川河岸から平船に乗って三日目の朝、箱崎橋《はこざきばし》の近くの行徳《ぎょうとく》河岸で船を下り、ようやく七兵衛は江戸の地に下り立った。

そこから川沿いを浜町堀まで歩き、浜町河岸を過ぎて日本橋久松町《ひさまつちょう》にやって来た。二度と来ることはないと思っていたが、三年ぶりの江戸だ。七兵衛は記憶を頼りに小商いの並ぶ通りを行くと、『十字屋《じゅうじや》』という看板が見えて来た。『十字屋』は高級な筆や硯《すずり》、墨を扱っている。客は、周辺に武家屋敷が多く、商売になるようだ。

七兵衛は店先に立った。薄暗い店の奥に黒い影が動いた。店番の男だ。

「いらっしゃいませ」

「七兵衛というものですが、旦那さまにお会いしたいのですが」

旅装姿をまじまじと見て、

「七兵衛さまですか。少々、お待ちを」

と、男は奥に引っ込んだ。

いくらも待たないうちに、細面の眉の濃い男が顔を出した。やせているが背は高い。

「七兵衛さんか」

弾んだ声が聞こえた。

「おう、庄蔵」

かつての兄弟分の三年ぶりの再会だった。

「さあ、上がってくれ」

庄蔵が急《せ》かすように言う。

「いいのか。おかみさんは？」

「いま、子どもを連れて出かけている」

「じゃあ、上がらせてもらうぜ」

板敷の間に上がり、庄蔵の案内で、内庭に面した部屋に招じられた。

「久しぶりだ。元気そうでなにより」

差し向かいになってから、庄蔵が言う。

「庄蔵もすっかり堅気《かたぎ》の顔だ」

濃い眉の下の目に険《けわ》しさはない。穏やかな目の光だ。

「七兵衛さんもだ」

ふたりはお互いの変化を微笑《ほほえ》ましく讃《たた》えたが、笑顔は長く続かなかった。

「七兵衛さん、何かあったのか。ひょっとして、おかしらの身に？」

庄蔵が厳しい顔できいた。

「いや。おかしらは元気だ。寝たり起きたりの日々だが……」

七兵衛も真顔になり、

「じつはおかしらから言われて出て来たんだ。いま、江戸じゃ、『朱雀太郎』って盗賊が暴れ回っているそうじゃねえか」

「そうか。おかしらの耳にまで入っていたのか」

「江戸からの旅人から耳にしたそうだ。おかしらが気になさったのは、賊が『朱雀太郎』と名乗っていることだ。朱雀とはおかしらの昔の異名でもあるからな。それに、『朱雀太郎』が荒し回っている場所が江戸の東部だということも引っかかっていなさる」

「さすが、おかしらだ」

庄蔵は讃えてから、

「そのとおりだ。俺も、そのことが気になっていた。四日前も、米沢町の『佐原屋』という薬種問屋が襲われ、主人が殺され、店に火をつけられた」

「なんと」

七兵衛はむごいと顔をしかめた。

「『朱雀太郎』と名乗っているのは朱の覆面をした若い男らしい。だが、その男がかしらではないはずだ。じつの首領は別にいる」

「うむ」

「その首領だが……」

七兵衛は言いよどんでから、

「まさか、朱雀の哲では」

「いや、哲太郎があんなことをするはずがない。それに、『朱雀太郎』が荒し回っているのは青龍《せいりゅう》の昌の縄張りだ」

「その昌だが、なぜ、黙っているのだ？　昌の居場所もわからないのか」

「わからない。もう、関係がなくなったからな。同じ江戸に住んでも、向こうは裏世界の人間だ。出会うことはない」

庄蔵は答えてから、

「七兵衛さん、どうするつもりなんだ？　まさか、哲と昌を探すために……」

と、不安そうにきいた。

「おかしらの希望だ」

「もし、哲が『朱雀太郎』の黒幕だとしたらどうするんだ？」

「やめさせなきゃならねえ。それがおかしらの頼みだ。また、哲じゃなければ、昌といっしょになって『朱雀太郎』をやっつけなきゃならねえ」

朱雀の秀太郎は、多いときには手下を十人以上も抱える大親分だったが、決して殺生はしなかった。殺さず、犯さず、火をつけず。狙うは金持ちだけ。そして、捕まっても仲間のことは口を割らない。この五つを守り通した稀代《きたい》の盗っ人だった。自分が引退したあと、独《ひと》り立ちした子分たちにも、いまの五つを守るように誓わせたのだ。

「なあ、庄蔵。決して、おめえの今の暮しを脅《おびや》かそうとは思わねえ。ただ、哲と昌を探す手助けをしちゃくれねえか」

「七兵衛さん、今の俺は……」

そのとき、子どもの声がした。

庄蔵ははっとして、

「帰って来やがった」

と、戸惑い顔になった。

廊下をばたばた走って来る足音に、庄蔵は微苦笑を浮かべた。七兵衛がはじめて見る表情だ。

「おとう」

七歳ぐらいの子が駆け込んで来た。

「おう、正太《しょうた》。帰ったか」

庄蔵は目尻を下げて、子どもを迎え入れた。

あわてて、三十前と思える女が部屋の前にやって来て、

「申し訳ございません。これ、正太」

と、庄蔵と七兵衛に挨拶《あいさつ》をしてから再び子どもを呼んだ。

「おとうさまのお客さまですよ。あっちへ行きましょう」

子どもに注意をしてから、

「ほんとうに申し訳ございません。いま、すぐ連れて行きます」

と、もう一度七兵衛に頭を下げた。

「おかみさん。構いませんよ」

七兵衛は声をかけ、

「はじめまして。あっしは庄蔵さんと以前いっしょに働いていた七兵衛と申します。江戸に出て来たついでに、ちょっと寄らせていただきました」

と、挨拶をした。

庄蔵が自分の過去をどのように話しているかわからないので、慎重に言葉を選んだ。

「そうでございますか」

女は改めて、

「庄蔵の女房うらでございます。よろしくお願いいたします」

「おうら。この七兵衛さんは俺が昔、ずいぶん世話になったんだ」

「そうでございますか。では、うちにお泊まりいただいたら」

「おかみさん。じつは、あっしはもう宿は決めてあります。それに、他で仕事がありますので、ゆっくりもしていられないんです」

「そうなんですか」

おうらは心底がっかりしたように言う。

「七兵衛さん、遠慮はいらねえ。部屋ならあるんだ」

「いいんだ。そろそろ、行かなくては」

と、七兵衛は腰を浮かせた。

「もう行ってしまうのですか」

「ええ、おかみさんと坊やにも会えてよかった。庄蔵さん、ふたりを大事にしてやんなさいよ」

七兵衛は部屋を出た。

庄蔵が追って来た。

「七兵衛さん。あの件は？」

「忘れてくれ」

七兵衛が小声で言う。

「かえってすまなかった。いいかえ、もうおまえさんは堅気なんだ。昔のことは関係ない。いいな」

七兵衛は『十字屋』を出た。

足は自然に米沢町に向かった。四日前に、『朱雀太郎』に襲われた薬種問屋の『佐原屋』を見ておこうと思ったのだ。

あちこちで、家を普請している場所に出た。土蔵のそばで大きな建物の骨組みが出来ている家が『佐原屋』なのだろう。『佐原屋』の周辺も焼け出されたのだ。復旧が進んでいる。

やはり、朱雀の哲の仕業とは思えない。哲太郎はこのような非道な真似をする男ではない。

それから、柳原《やなぎわら》通りに出て、神田川にかかる和泉橋《いずみばし》を目指した。しばらく、江戸に滞在しなければならない。だから、庄蔵の家に厄介《やっかい》になろうとしたのだが、まさかかみさんに子どもまでがいるとは思わなかった。

庄蔵を巻き込んではならない。そう自分に言い聞かせ、七兵衛は引き上げた。

旅籠に泊まるより、どこぞの長屋に落ち着こうと思い、以前世話になったことがある神田佐久間町《さくまちょう》の口入れ屋を思いだしたのだ。

和泉橋を渡り、神田佐久間町一丁目にやって来た。口入れ屋はまだあった。七兵衛は暖簾をくぐった。

目の小さな主人が帳場格子に座っていた。

七兵衛を見送った庄蔵は濡縁《ぬれえん》に立ち、内庭の枯れはじめた菊の花に目をやりながら、七兵衛のことを考えていた。

七兵衛は江戸に着いた足でまっすぐここに来たのだ。江戸に滞在する間、厄介になろうと思っていたはずだ。だが、庄蔵が所帯を持ったことを知って、七兵衛は言い出せなかったのだ。

そのことを知りながら、庄蔵は七兵衛を引き止めなかった。

(七兵衛さん。すまねえ)

七兵衛とは二十年近いつきあいだ。孤児《こ こう》だった庄蔵は子どもの頃から盗み、かっぱらいなどをしながら糊口《ここう》を凌《しの》いで来た。二十を過ぎてから博打、喧嘩《けんか》と荒くれた日々を送っていた。

博打場でいかさまだと騒いで胴元らに仕置きを受け、簀巻《すま》きにされて川に放り込まれそうになったのを助けてくれたのが、朱雀の秀太郎と七兵衛だった。

ふたりは盗っ人だった。庄蔵も仲間に入り、三人で金持ちの家に忍び込んで金を盗みまくった。

数年後には若い四人が仲間に加わった。最初に加わったのが十蔵《じゅうぞう》という男で、次に常吉《つねきち》、それから昌五郎と哲太郎が続いた。庄蔵は兄貴分として、おかしらの右腕である七兵衛と共に一味を束ねるようになっていた。

秀太郎は、最初から盗っ人稼業は二十年で引退すると言っていた。そのあとは、盗んだ金でゆっくりと過ごす。そういう考えだったから、盗っ人にしては地味だったかもしれない。派手に盗んで派手に遊ぶということはなく、盗んだ金はあくまでも引退したあとに使うという考えでいた。

そして、秀太郎と七兵衛が約束どおり、二十年経った三年前に引退したとき、庄蔵もいっしょになって足を洗ったのだ。

秀太郎は引退するに当たり、十蔵と常吉、昌五郎、哲太郎の四人の処遇を考えた。四人ともまだ三十前であり、引退は考えられなかった。だが、盗っ人稼業を続けて行くにしても四人が仲間としてやって行くのは無理だと秀太郎は考えた。四人は歳が近く、それぞれが我が強い。いつか衝突する。四人は別々に行動すべきだと、秀太郎は言った。

そこで、秀太郎が考えたのは江戸を東西南北に四分し、それぞれ縄張りを決めることだった。

お互いの縄張りを荒さない。そういう取り決めをし、四人は独《ひと》り立ちして行ったのだ。

「おまえさん」

背後から声をかけられ、庄蔵は我に返った。

女房のおうらがそばに寄って来て、

「どうかしましたか」

と、心配そうにきいた。

「いや。どうしてだ?」

「さっきから考えごとをしているようだから」

「…………」

「ひょっとして、さっきの七兵衛というお方のことで何か?」

「どうして、そう思うのだ?」

「あの方、なんとなく怖い目をしていたので。あっ、すみません」

おうらはあわてて謝った。

「心配しなくてだいじょうぶだ」

「なら、いいんですけど」

やっと、おうらは笑みを浮かべた。

「正太は？」

「お隣に遊びに行きました」

隣の雑貨屋に同い年の子どもがいるのだ。

「今月は、本場所がある。正太と約束した」

今月の末、本所回向院《えこういん》で勧進相撲《かんじんずもう》の本場所が開かれるのだ。正太も楽しみにしている。

「すみません」

「なにを言うのだ。正太は俺の子だ」

おうらは、芝神明町《しばしんめいちょう》にある小料理屋の女中だった。十年前から通っていた。そこで、おうらと親しくなった。もちろん、盗っ人だとは知らず、庄蔵のことを小間物屋だと信じていた。

三年前に堅気になり、久しぶりに芝神明町にある小料理屋に行くと、おうらはすでに店を辞めていた。伝《つて》を頼って探し、会いに行くと、おうらは子どもといっしょに暮らしていた。父親は病気で死んだということだった。

正太はすぐ庄蔵になついた。この子の父親になろうと決意するまで、たいして時間は要さなかった。

「もうすぐ、冬ですね」

おうらが季節の移ろいの早さに驚いて言う。

木々の葉が落ちていた。

それからこの地に家を買い求め、高級な筆や硯、墨を扱う『十字屋』を開店したのだ。浜町堀から大川《おおかわ》までの一帯は武家地で、かなり客は多く、商売も順調だった。

いまが生きて来て一番の仕合わせを味わっていた。だが、七兵衛の来訪で晴れた空にたちまち現れた黒い雲のように、屈託が胸に広がったのだ。

俺には守らねばならない家族がいる。庄蔵は自分に言い聞かせた。

五

その日、剣一郎は朝から『朱雀太郎』に襲われた商家を訪ね歩いた。

最初に訪れたのは日本橋本町二丁目の鼻緒問屋『生駒屋』である。次に蔵前の札差『後藤屋』に行った。

だが、二軒とも、手掛かりはなかった。札差の『後藤屋』では主人が殺されているが、『朱雀太郎』に逆らったためだ。

次に蔵前から深川にまわった。

両国橋を渡り、北森下町《きたもりしたちよう》を過ぎ、小名木川を渡った。

深川冬木町の材木商『飛驒屋』にやって来た。編笠をとり、土間に入る。めざとく、青痣を見つけ、青痣与力と悟ったようで、番頭が近づいて来た。

「青柳さま。ただいま、主人を呼んで参ります」

番頭が手代に言いつけた。

手代が奥に主人を呼びに行った。

「『朱雀太郎』の賊の一味に咳をしていた者はいなかったか」

「咳でございますか。いえ、私は気づきませんでした」

番頭は首を横に振った。

主人が小走りに出て来た。

「青柳さま。ご苦労さまにございます。その後、何か進展がございましたでしょうか」

飛驒屋が厳しい顔できいた。

「いや、まだだ。そのことできききたいのだが、賊が押し込んでから退散するまでの間に、賊の中に咳をする者がいたかどうか覚えておらぬか」

「咳ですか」

飛驒屋は小首を傾げた。

「聞きませんでした」

「そうか。聞かなかったか。で、この件で、火盗改めから何かきかれたりしなかったか」

「いえ」

飛驒屋は否定した。

「そうか。あいわかった。必ず、『朱雀太郎』をお縄にしてみせる」

そう言い、剣一郎は『飛騨屋』をあとにした。

次は、下谷坂本町にある呉服問屋『武州屋』だ。朝から歩きだし、すでに陽は中天からだいぶ傾いてきた。

竪川《たてかわ》にかかる二ノ橋の近くにある一膳飯屋で遅い昼食をとり、改めて下谷坂本町を目指した。

最初の三軒までは賊の咳を聞いたものはいなかった。だが、火盗改めの山脇竜太郎は咳のことを知っていたのだ。残るは『武州屋』か、酒問屋の『伏見屋』しかない。

両国橋を渡り、柳原通りから和泉橋を渡り、御徒町《おかちまち》をまっしぐらに歩き、上野の山下を通って下谷坂本町にやって来た。

呉服問屋『武州屋』の戸口に立った。大八車の荷が着いたところで、番頭が指図しながら荷を運び入れている。

手隙になるのを待って、剣一郎は番頭に声をかけた。

振り向いた番頭は、剣一郎に気づくと、一瞬顔が強張ったようになった。剣一郎はすぐ感じ取った。

「ただいま、主人を呼んで参ります」

こっちから言い出さないうちに、番頭は奥に行こうとした。

「待て。その前に、そなたに訊ねたいことがある」

番頭は困惑した顔をした。

「なんでございましょうか」

番頭のほうから催促した。やはり、やましい気持ちがあるのだと思った。

「そのほう、名はなんと言ったかな」

「はい。孝助《こうすけ》にございます」

孝助は目を逸《そ》らして答えた。

「孝助。何か奉行所に隠していることはないか」

「隠し事など、とんでもない」

孝助はあわてた。

「嘘ではないか」

「は、はい」

孝助は額に汗をかいていた。

「よし。では、訊《たず》ねる。『朱雀太郎』の一味の誰かが咳をしたはずだ。聞いていたな」

剣一郎は言いきった。

「どうなんだ？　あとで嘘をついていたとわかったら、取り返しのつかぬことになる。その覚悟で答えるのだ」

剣一郎は威した。

「はい」

孝助は身をすくめた。

「咳をした賊はいたか」

「おりました」

孝助は答えてから大きくため息をついた。

「どんな咳だ？」

「かなり、激しく咳き込んでいました」

「咳をしたのはどんな男だ？」

「侍でした」

「咳をしたのはひとりだけか」

「そうです」

「そのことを誰かに話したな？　誰だ？」

「いえ、誰にも」

「嘘をつくのか。その名を私から言わせるのか」

「その者には話したのに、なぜ奉行所には話さなかった？」

「それは……」

「口止めされたのだな」

「お許しください」

「火盗改めに何か弱みでも握られているのか」

「違います。『朱雀太郎』は一度襲った商家でも再び襲うかもしれない。火盗改めが守ってやると仰ってくれました。だから、奉行所にはこのことを黙っていろと……」

孝助は泣きそうな顔になって、

「どうか、私が喋《しゃべ》ったことは内密に。旦那さまからも黙っていろと言われているのです」

「安心するがいい。そのことがわかればいいのだ。気にしないでいい」

安心させてから、剣一郎は『武州屋』をあとにした。

山脇竜太郎は賊の中に労咳を患っている人間がいることに気づいていたのだ。そして、『佐原屋』でいきなり浪人が主人を斬り捨てたことの理由を、咳に結びつけたのはさすがという他はない。

薬種問屋の『佐原屋』の主人と咳をした賊はお互い見知っている間柄だと、すぐに思いついた。だから、内儀や息子の新五郎に確かめるまでもなく、竜太郎は悠々と引き上げたのだ。

この件に関しては火盗改めのほうが先行している。だが、まだ、咳の主が見つかった形跡はない。

剣一郎は下谷坂本町からいったん奉行所に戻った。そして、京之進が引き上げて来るのを待った。

京之進が戻ったのは七つ半（午後五時）をまわった頃だった。ちょうど引き上げて来た下谷浅草方面を受け持つ只野平四郎《ただのへいしろう》とふたりを与力部屋に呼んだ。

「火盗改めが、労咳にかかっている浪人を探している理由がわかった」

と、剣一郎は『武州屋』の番頭孝助の話をした。

「その賊は激しく咳き込んでいたという。火盗改めの山脇どのは、咳の賊は佐原屋に正体を気づかれて殺したということを、とっさに思いついたのだ」

「そういうわけでしたか。『武州屋』の番頭め」

「火盗改めから口止めされていたのだ。責めても仕方ない。ただ、この件に関しては、奉行所より火盗改めのほうが信頼されているという証左かもしれぬ」

剣一郎は悔しそうに言った。

「なんとしてでも、奉行所の信頼を取り戻します」

若い平四郎は顔を紅潮させて言った。

「で、咳の浪人はまだか」

剣一郎は京之進にきいた。

「はい。見つかりません。『佐原屋』に薬を買い求めに来たのだとしたら、『佐原屋』からそれほど離れていないところに住んでいると考えたのですが……。また、両国橋を渡ってきたやもしれぬと思い、本所のほうも調べているのですが、手掛かりはありません」

「労咳は空気のよい静かな場所で安静にしているのがよいとされている。ふだんは空気のよい場所で過ごしているのかもしれぬ。町中ではなく、橋場《はしば》や対岸の向島辺り……」

「わかりました。そっちにも目を配ってみます」

「盛り場のほうはどうだ？」

次に、剣一郎は平四郎に顔を向けた。

「目立って派手に遊んでいる客はいません。最近になって急に羽振りのよくなった客も見当たりません」

「用心しているのかもしれぬな」

やはり、統率がとれた一味だ。かしらの考えが手下に浸透している。かしらは手強い男かもしれないと思った。

「いたずらに時を過ごしていて、いつ新たな襲撃があるやもしれぬ。ご苦労だが、心してかかってくれ」

「はっ」

ふたりは同時に返事をした。


その夜、夕餉のあと、剣一郎は自分の部屋で、もう一度江戸の地図を広げた。

奉行所でも広げ、屋敷でも地図を広げている。やはり、襲撃場所が江戸の東部に集中していることが気になるのだ。

それと、『朱雀太郎』という名乗り。真っ赤な覆面をかぶっていることから、四神の朱雀を意識していることは間違いない。だとしたら、方位はどうなのか。

何度もこのことがひっかかるのだ。

ただ、実際のところ何の意味もないかもしれない。だとしたら、考えるだけ無駄なのだが……。

「父上。剣之助です」

襖の向こうから声がした。

「入れ」

剣一郎は地図から顔を上げた。

「失礼します」

剣之助が入って来た。

夕餉のとき、あとで部屋に来るように言っておいたのだ。

向かいに座るなり、剣之助は地図に目をやり、

「『朱雀太郎』のことで何かわかりましたか」

と、きいた。

「どうして『朱雀太郎』のことだと思った?」

剣一郎は逆にきいた。

「父上は奉行所でも地図を調べていたとか。被害は江戸の東部に集中しています。このことで、朱雀という名乗りとの矛盾《むじゅん》をお考えなのではないかと思ったのです」

「そうか。剣之助もそのことに気づいたか」

剣一郎は凜々《りり》しくたくましい若者に成長した我が子をまぶしく見つめた。

「いえ、父上がなにを気になさっているかを想像したまでのことです」

剣之助は何のてらいもなく答えた。

「そうか。南の方角の守護神である朱雀を名乗った賊が、江戸の東部を荒し回っていることに何か意味があるやもしれぬと思って考えているのだが、わからぬ」

「四神でいえば、東のほうは青龍でございますね。北が玄武《げんぶ》で西が白虎《びゃっこ》。もし、意味があって朱雀を名乗っているとしたら、他に青龍、玄武、白虎と名乗る盗っ人がいるのではないでしょうか」

「なるほど。そのことは十分に考えられるな」

剣之助の指摘に、剣一郎は唸《うな》った。

と同時に、長谷川四郎兵衛から言われたことを思い出した。場合によっては、剣之助にも手伝わせよというのだ。

四郎兵衛はそこまで剣之助の力を見抜いていたのだろうか。

「父上。御用は何でございましょうか」

剣之助の声に、剣一郎ははたと用件を忘れていたことに気づいた。

「明後日、非番と聞いたが？」

「はい。ここのところ休みをとっていなかったので……。何か」

「用事があるのか」

「たまには志乃《しの》とゆっくりしようかと思ったのですが。でも、構いません。志乃のほうはいつでも」

志乃といっしょでもいいと思ったので、剣一郎は要件を切り出した。

「じつは真下《ました》先生のところに行ってもらいたいと思っていたのだ」

「真下先生ですか。わかりました。私もお会いしとうございます」

「行ってくれるか。わしも行くつもりでいたのだが、『朱雀太郎』の件で身動きがとれなくなった」

真下先生とは、剣一郎の剣術の師である真下治五郎《じごろう》のことだ。

江戸柳生新陰流《やぎゅうしんかげ》の達人で、もう何年も前に鳥越《とりごえ》神社の裏手にある道場を息子に譲《ゆず》って隠居をし、いまは向島に若い妻女といっしょに住んでいる。

ときたま、剣一郎は向島を訪ねているが、最近は無沙汰をしている。何年か前に病気で倒れたこともあり、また高齢なことから、身が案じられた。

「では、明後日、行って参ります」

「うむ。志乃も連れて行ったらどうか」

「はい。話してみます」

その後、しばらくとりとめのない話をして、剣之助は引き上げて行った。

剣一郎は廊下に出た。

暗い庭に、文七《ぶんしち》が控えていた。剣一郎が呼んだのだ。

「来ていたのか」

だいぶ前から待っていたのだろうか。

文七は決して部屋に上がろうとしない。寒かろうと雨が降っていようと、いつも庭先に佇《たたず》む。

庭先に立った文七に、剣一郎は口を開いた。

「いま江戸を荒し回っている『朱雀太郎』のことを耳にしているか」

「はい。読売でみました」

「その賊の中に労咳にかかっている疑いの侍がいる」

剣一郎は状況を説明してから、

「おそらく火盗改めも浪人を探していると思うが、御家人でないとはいえない。念のために、本所界隈《かいわい》の直参の中で、労咳にかかっている者がいるかどうか調べてもらいたい」

「畏まりました。では」

文七は暗い庭に姿を消して行った。

剣一郎がしばらく文七が消えた方角を見つめていると、妻女の多恵《たえ》が近づいて来た。

「文七はもう帰った」

「はい」

「いいのか、いつまでもこのままで」

剣一郎はきいた。

「文七はそなたの……」

剣一郎は言いさした。

確かめたわけではないが、文七は腹違いの多恵の弟ではないかと思っている。

「どうぞ、文七の気のすむように」

多恵は静かに言った。

その厳《おごそ》かな態度に、剣一郎はそれ以上続けることが出来なかった。多恵と文七の間には、ふたりにしかわからない強い絆があるのだろうと思った。

第二章　第二の火盗改め

一

翌日、七兵衛は神田佐久間町一丁目の日陰《ひかげ》長屋で目を覚ました。天窓の外は微《かす》かに明るく、夜が明けたとわかったが、すでに五つ（午前八時）をまわっていた。最初は天気が悪いのかと思ったが、厠《かわや》に行くために外に出ると、青空だった。両脇に、二階建て長屋とさる商家の土蔵が建っていて、陽光が遮《さえぎ》られているのだ。長屋に陽光が射すことがなく、路地も暗かった。

口入れ屋の主人の口利きですぐに借りられる部屋は棒手振《ぼてふ》りや易者《えきしゃ》、鋳掛《いか》け屋などの貧しいひとたちが住んでいるこの長屋しかなかった。七兵衛は我慢するしかなかった。

寒さに身をすくめながら部屋に戻り、火鉢をかきまわす。炭をくべ、いくぶん暖かくなった。

湯が沸《わ》いてから、ゆうべの残りの飯にかけて、お新香で食べた。

きのうは一日、これからの暮しのための所帯道具を買い揃《そろ》えた。といっても、古道具屋で火鉢を手に入れ、中古のふとんを買い、着物も古着屋で買い求めた。なんとか最低限の暮しが出来ればいいのだ。枕屏風《まくらびょうぶ》は大家から破れかかったものをもらった。

大家には、信州《しんしゅう》から仕事を探しに江戸に出て来たと話してある。焦《あせ》らず、じっくり仕事を探すつもりだと話した。

流しで椀と箸を洗ってから、七兵衛はきのう買い求めた茶の格子縞《こうしじま》の着物に着替えて長屋を出た。

もう四つ(午前十時)を過ぎていて、長屋の住人も出払っていて、路地にひと影もない。

筋違橋《すじかいばし》を渡り、八辻ヶ原《やつじがはら》から神田須田町に入り、日本橋の大通りをまっしぐらに歩いた。向かうのは芝である。

七兵衛たちが江戸で夜働きをしている頃、朱雀のおかしらや哲太郎たちが住んでいたのが芝神明町だった。

哲はまだおかしらが住んでいた家にいるかわからないが、ともかくそこに行ってみるつもりだった。

この時間でも、まだ魚河岸《うおがし》の喧騒《けんそう》が残っている日本橋を渡り、往来の夥《おびただ》しいひとの隙間を縫うように、七兵衛は先を急いだ。

京橋を渡り、尾張町《おわりちょう》を抜けて、やがて新橋《しんばし》を渡ると、いよいよ芝に差しかかる。裾《すそ》を翻《ひるがえ》しながら、七兵衛は神明町に急いだ。

増上寺《ぞうじょうじ》参詣か、人出が多くなって来た。七兵衛は角を曲がり、神明宮前の通りに出た。その通りの並びに、かつておかしらが忍んで住んでいた骨董屋があった。

その家の広間に子分たちが集まり、おかしらから引退の話を聞かされたのだ。前々からその話は出ており、突然のことではなかったものの、いざその話がおかしらの口から出されると、みなは動揺した。

「俺も四十五だ。そろそろ、しんどくなる。その前に、潔《いさぎよ》く足を洗うことにした」

おかしらがそう切り出すと、

「おかしら。俺たちはどうしたらいいんだ」

と、若い子分たちは半泣きになって言った。

「哲、昌、十蔵、常」

おかしらは四人を次々に呼んだ。

「あとは、おめえたちの時代だ。もう、一本立ちするがいい」

「そんな。俺たちはおかしらがいなくちゃ何も出来ねえ」

昌五郎が心細そうに言う。

「そうだ。俺たちはおかしらあっての俺たちだ」

十蔵も常吉もすがるように訴えた。

「いや、おめえたちはもう十分にやっていける」

七兵衛が口を入れた。

「おかしらの引退を機に俺と庄蔵も引き下がることにした」

「なんだって。それじゃ、俺たちは路頭に迷っちまう」

哲太郎が引きつったような声を出した。

「いや、四人とももう十分にひとりでやっていける。これまでも、おめえたちはよくやって来た」

おかしらは数年前から江戸を東西南北に分け、それぞれを四人に受け持たせた。それからは四人がそれぞれの受け持ちの場所から狙う商家の選定をし、そこに忍び込むという手口で夜働きをしてきた。

「ただ、同じ技量の四人がいっしょにやっていくのは難しい。そこで、これからはおめえたちもそれぞれが別々にやって行くんだ」

この四人は歳も近く、四人で固まっていれば必ずぶつかり合うと踏んで、おかしらは四人をそれぞれ独立させたのだ。そして、青龍の昌五郎、白虎の十蔵、朱雀の哲太郎、玄武の常吉と四神になぞらえて通り名をつけた。

「ただ、四人がそれぞれ独り立ちしてうまくやっていくには、今の持ち場を自分の縄張りとし、お互い侵《おか》さぬようにするのだ。決して、他人《ひと》の領分を侵してはならねえ。もちろん、たまには互いに協力して大仕事をするのは構わねえ」

おかしらは諄々《じゅんじゅん》と諭《さと》した。

「どうだ、みんな。おかしらの気持ちがわかったか」

七兵衛は四人にきいた。

「へい」

四人は互いに顔を見合せてから大きく返事をした。

七兵衛はおかしらの心底にあるものに気づいていた。おかしらは、四人の中で哲太郎と昌五郎に特に目をかけていた。ほんとうは自分の後釜に哲太郎を据えたかったのだ。朱雀という自分の異名を哲太郎に譲ったことを見ても、それはわかる。

四神になぞらえて四人に異名をつけたが、なにも、気取って異名など与える必要はなかった。じつは、朱雀の名を哲太郎に継がせたいがための方便に過ぎなかった。

「よし。これで決まった」

おかしらは言ってから、

「これは言うまでもないことだが、盗みの五ヵ条は必ず守るんだ。いいな」

「へい」

五ヵ条とは、すなわち、ひとを殺《あや》めない、女に手出しをしない、火事を起こさない、狙うは金持ちだけ、万が一捕まっても仲間のことは口を割らないの五つである。おかしらが戒《いまし》めとしてきたことを、四人にも守らせようとしたのだ。

そして、三年前のあの夜を境に、四人とは赤の他人となった。

七兵衛は辻まで来てしまった。骨董屋を見過ごしたらしい。引き返した。

左手の店を見ながら歩いていて、七兵衛はあっと叫んだ。骨董屋があった場所に、小間物屋があった。

間違いない。足袋《たび》屋と絵草子屋の間にあったはずの骨董屋は姿を消していた。おかしらの住まいだったあの骨董屋は哲太郎が継いだのだ。

哲太郎はどうしたというのか。あるいは、商売替えをしたのかもしれないと思い、七兵衛は小間物屋の土間に入った。

帳場格子に番頭らしき男が座っている。

「すいません。つかぬことをお伺いいたしますが、こちらは三年前まで骨董屋さんだったように覚えているのですが？」

七兵衛は番頭の顔を見つめてきいた。ふくよかな顔をした男で、目の辺りも穏やかだ。盗っ人の仲間とは思えなかった。

「ここでお店を開いたのは半年前でございます。確かに、以前は骨董屋だったと聞いています」

「やはり、そうでございましたか。で、その骨董屋がどうして店を閉めたか、ご存じではありませんか」

「ご存じではないのですか」

番頭は顔を引き締めた。

「何かあったんで」

七兵衛ははっとした。

「主人が行方知れずになったんです」

「なに、主人が？」

主人とは哲太郎のことだろう。

「大家さんの話では、三年前に代替わりをして、三十過ぎの若い主人がお店をやってらしたそうですが、一年前に失踪したのです」

俄《にわ》かに信じられなかった。

「で、主人の行方はわからないままなのですか」

「そうです。なんでも商売のほうもうまくいっていなかったみたいですから、夜逃げしたんじゃないかと……」

「夜逃げ？」

商売は見せかけだけであり、熱心にやっていたわけではないから、それは理由にならない。

七兵衛は小間物屋を出た。

哲太郎は姿を消していた。自ら姿を消したのか、それとも他に理由があるのか。あるとすれば、何が考えられるか。

七兵衛は家主を訪ねることを避けた。何かあって町方に知らされたらまずいことになるかもしれない。

それより、隣家だ。隣の絵草子屋の主人なら何か知っていそうな気がした。

路地をはさんで隣にある絵草子屋に入った。正面の壁に、浮世絵や錦絵が飾ってある。美人画、役者絵、風刺画など、興味をそそるような絵が並んでいる。

「いらっしゃいませ」

主人が挨拶する。おかしらのところにやって来るとき、ときたま顔を合わせたことがある。

「いえ、あっしは客じゃねえ。じつは隣にあった骨董屋を訪ねて来たんですが、驚いたことに店が替わっていました」

「おや、おまえさんは？」

絵草子屋の主人は目を見開いた。

「へえ。覚えていてくださいましたか。ときたま骨董屋に来ていた者です」

「そうでしたな」

「隣、どうしたのか、ご存じありませんか。いま、小間物屋の番頭さんにきいたところ、主人は行方知れずになっていると聞きました」

「そうです。一年になりますか。自身番からの訴えで、同心の旦那と親分さんが家の中を調べたところ、荒らされたようなあとがあり、金目のものがなくなっていたそうです」

「荒らされたあとですかえ」

「ええ。そこで、事件に巻き込まれたかもしれないと色めきたちましたが、その後、何もわからないまま時が流れ、主人は戻って来ることはありませんでした」

「主人というと、三十過ぎの……？」

「そうです。細身のお方でした。顔を合わせれば挨拶をしてくれたのですけど」

「そうですか」

哲太郎に間違いない。

「奉公人はいたのですか」

「ふたり、いたようです」

「奉公人はどうしたんで」

「主人がいなくなってから姿を見ていません。雨戸が閉まっていることも多かったので、商売がうまくいかず、悩んでいたのかとも思いました。でも、家の中が荒らされていたとなると……」

主人は小首を傾げた。

いったい、哲太郎に何があったのか。

「その後、新しいことは何もわかっていないのですね」

「ええ。隣に小間物屋さんが入ってからは、すっかり忘れていました」

哲太郎が自ら姿を晦《くら》ましたのか、あるいは何らかの事件に巻き込まれたのか、判断はつかない。

だが、自ら失踪したのだとしても、そうせざるを得ない何かがあったのだ。いったい、哲太郎に何があったのか。

いなくなったのが一年前。『朱雀太郎』が現れたのが三カ月前。何か関係があるのか。七兵衛の思案に余った。

絵草子屋を出てから、七兵衛はどんよりした空を見上げた。

哲太郎の行方を捜す手掛かりはあるか。七兵衛は大門をくぐり、増上寺の山門をくぐった。

両側には院や寮が並び、だだっぴろい境内《けいだい》に出る。上野《うえの》の寛永寺《かんえいじ》と並んで、将軍家の菩提寺《ぼだいじ》である。

参詣客が多い。ひとに押されながら本堂の前に進み、七兵衛は手を合わせた。

どうか、手掛かりを与えてください。

拝んでから、やっとの思いで本堂の前を出る。

ますます黒い雲が張り出し、この先の困難を想像させた。

再び大門を出る。水茶屋や料理屋が並んでいる。茶屋の女たちが客引きをしている。呼び込みの声を聞き流して帰りを急ぐと、ふいに脳裏を走ったものがあった。

女だ。哲太郎には馴染《なじ》みの女がいた。料理屋の女中だった。

神明宮の前だ。一度、哲太郎が女と金杉橋《かなすぎばし》の近くにある船宿から出て来たのを見たことがあった。後日、ふたりきりになったとき、七兵衛は哲太郎に声をかけたのだ。

「いい女じゃねえか」

見かけたことを言うと、哲太郎は恥じらいながら、

「神明宮前にある料理屋の女中だ」

と、答えた。

「なんていう名だ?」

そうきいた。哲太郎は答えた。なんという名だったか。思い出せない。あのとき、七兵衛は名を聞いて、何か言葉を返した覚えがある。女の名が誰かと同じだったのだ。

誰だったか。芝居か。そうだ、仮名手本忠臣蔵《かなでほんちゅうしんぐら》だ。あのとき、七兵衛はこう答えた。

「おかる勘平《かんぺい》のおかるか」

塩冶判官《えんやはんがん》の近習である早野《はやの》勘平の相思相愛の相手が腰元のおかるだ。

七兵衛は芝神明宮に急いだ。哲太郎が利用していた料理屋はわかっている。『升家《ますや》』だ。芝神明宮は「関東のお伊勢《いせ》さん」と呼ばれて信仰を集めているところだ。

その神明宮前に、黒板塀の『升家』はあった。

昼下がりだが、客はかなり入っていた。七兵衛は追い込みの座敷に通された。遅い昼飯に、うなぎ飯を頼んだ。

「その前に一本つけてもらおうか」

二十半ばの小肥りの女中に言う。

ひとりで来ている客は少ない。煙草盆《たばこぼん》を引き寄せる。煙草をすいながら、なんとなく手持ち無沙汰《ぶさた》で待っていると、さっきの女中が酒を運んで来た。

「すまねえ」

灰を灰吹に叩き落としてから、

「姉さん。ここに、おかるって女中がいたね」

と、さりげなくきいた。

「おかるさんは辞めました」

「辞めた？」

哲太郎といっしょかと、七兵衛は思った。

「いつだえ、辞めたのは？」

「一年ぐらい前です」

「そうか。いま、どこにいるか知らないか」

「あの、お客さん。おかるさんとはどんな間柄なのでしょうか」

女中は警戒ぎみにきいた。

「あやしいもんじゃない。以前、おまえさんは聞いているかどうかわからないが、おかるさんと親しくしていた哲太郎という男の知り合いなのだ。その後、ふたりがどうなったか、そのことが知りたくて、ここに来たのだ」

「そうですか」

女中はふと表情を曇《くも》らせた。

「どうしたね。私の話が信用出来ないか」

「いえ。すみません。また、あとで来ます」

客が立て込んできて、女中は忙しく立ち去った。

酒を呑みながら、今の女中の顔色を思いだした。おかると哲太郎の間に何かあったのだろうか。

手酌で呑んでいた酒がなくなったとき、さっきの女中がうなぎ飯を運んで来た。

「ああ、すまない」

七兵衛はうなぎより、おかるのことが気になった。

「さっきの続きだが」

七兵衛は切り出した。

「おかるさんは所帯でも持ったのかな」

「え、ええ」

「そうか。そうなのか」

ますます、哲太郎といっしょになったのだと思った。

「で、相手は哲太郎か」

「いえ、それが……」

女中は言いよどんだ。

「哲太郎ではないのか」

「はい。哲太郎さんとは別れたそうです」

「そうか、別れたのか。どうしてなんだろう。ふたりは、ずいぶんお似合いのようだったが……」

手掛かりを失って、七兵衛は愕然《がくぜん》とする思いだった。

「哲太郎さんと何があったのか知りません。ただ、おかるさんのおっかさんが倒れたことも影響があるかもしれません。しばらくして、哲太郎さんがいなくなってから自棄《やけ》ぎみになっていたおかるさんの前に後添《のちぞ》いの話が出たんです」

「後添いか……」

「はい」

「で、おかるさんはいま、どこに住んでいるんだね」

「露月町《ろげつちょう》です」

露月町は来るとき通って来たところだ。『水戸屋《みとや》』という質屋だという。

「そうか。いろいろありがとうよ」

女中が去ってから、うなぎ飯を食べた。ごはんの間にもうなぎが入っていて、高いだけあって旨《うま》かった。

勘定を払い、『升家』を出た。

大通りに出て、引き上げる。途中、露月町を通った。『水戸屋』という質屋はすぐわかった。

おかるは水戸屋の後添いになっているという。おかるが哲太郎の行方を知っているとは思えないが、なぜふたりが別れなければならなかったのか。また、哲太郎が行方を悔ました理由についても、おかるが何か知っているかもしれない。

そう思い、おかるに会う必要があると思った。哲太郎を探す手掛かりは、それしかないのだ。

しかし、迂闊《うかつ》に訪ねるわけにはいかなかった。『水戸屋』の内儀という立場も考えてやらねばならない。

昔の男の知り合いが訪ねて来たと知れば、水戸屋はどんな誤解をするかもしれない。おかるは一日中、家に閉じ籠《こ》もり切りということはないはずだ。必ず、外出する。そのときに近づこうと、七兵衛は『水戸屋』の家人の出入口を見通せる場所を探した。

どんよりとしていた空から、ついに冷たいものが落ちてきた。やがて、土砂降《どしゃぶ》りになった。あわてて雨宿りの出来る場所を探しながら、

（哲太郎。いったいどこにいるのだ）

と、内心で七兵衛は叫んでいた。

二

翌日。雨は明け方には上がった。かなり、激しく降ったようで、いたるところに水たまりが出来、道はぬかるんでいた。

剣之助と志乃は八丁堀《はっちょうぼり》組屋敷の堀から船に乗って向島に向かった。霊岸島《れいがんじま》を過ぎ、田安《たやす》家の下屋敷を右手に、やがて両国橋をくぐった。川風は冷たい。が、志乃は楽しそうに周囲の風景を眺めている。

きのうの雨で水嵩《みずかさ》は増して流れも速い。ときたま、小枝などのゴミが流れて行く。が、船頭の櫓《ろ》を漕ぐ音と水を跳《は》ねる音が心地好く耳に入って来る。蔵前の浅草御蔵《おくら》の白い土蔵が波の上に浮かんでいるように並んでいる。

初冬の弱い陽射しが川面を照り返している。駒形堂《こまがたどう》から浅草寺《せんそうじ》の五重塔が目に入り、吾妻橋《あずまばし》をくぐった。

土手をひとが行く。空は青く、かなたに見えるのは筑波《つくば》の山だ。

三囲《みめぐり》神社の鳥居の前にある船着場に船がついた。剣之助と志乃は船を下り、春には桜が咲き揃う土手を行く。

剣之助はここへはじめて父に連れられて来たときのことを思い出す。なぜ、真下先生はこんな田舎に引っ込んだのかと、父にきいたことがある。父は、剣の極意に達したものにしかわからぬ悟りがあったのであろうと言っていた。

だが、志乃の感想は違った。

「私たちも、歳をとったら、こういう場所に住みたいとおもいます」

と、志乃は真顔で言ったのだ。

長命寺《ちょうめいじ》を過ぎて、土手から離れる道に入った。さらに枝道に入ってしばらく行くと、やがて、前方に鬱蒼《うっそう》とした樹が見えてきた。その外れに真下治五郎の家がある。

家の前にひと影はなかった。剣之助は枝折り戸《しおりど》を押して中に入る。

戸口で声をかけると、奥からひとの声がした。

戸が開いて出て来たのは妻女のおいくだった。

「青柳剣一郎の伜《せがれ》の剣之助です」

剣之助が名乗ると、おいくは目を見張った。

「まあ、剣之助さま」

それから、志乃にも顔を向けた。

「ひょっとして、志乃さま？」

おいくは志乃の名前を知っていた。おそらく、父が話したのだろう。

「先生はいらっしゃいますか」

「ええ。どうぞ。ただ、お客さまが」

「お客人ですか。ならば、またあとで出直します」

一刻（二時間）ほど、この近くを散策してきてもいいと思った。新梅屋敷や白鬚神《しらひげ》社、さらに行けば水神《すいじん》の杜《もり》と見所はこと欠かない。

久しぶりの志乃との遠出であり、そのつもりになったが、

「おう、剣之助か」

と、真下治五郎が出て来た。

「先生。ご無沙汰しております」

剣之助は辞儀《じぎ》をした。

「さあ、あがりなさい。そなたが、志乃どのだな。うむ。なるほど、美形だ。青柳どのが自慢するだけのことはある」

「先生、お客さまだとか」

剣之助が訊ねると、治五郎の背後から若い侍が現れた。

「お気になさらずに。私はお暇《いとま》するところでした」

剣之助よりひとつかふたつぐらい年上か。きりりと引き締まった顔立ちで、頭脳の明晰《めいせき》さを窺《うかが》わせるような切れ長の目に引き締まった口許。若いながら、ひとを威圧するような風格があった。

「藤太郎《ふじたろう》どの。お引き合わせいたそう。南町奉行所与力の青柳剣一郎どのの一子で、剣之助どの。横におられるのが妻女の志乃どのだ」

治五郎は続けた。

「剣之助どの。こちらは、御先手組頭の横瀬藤之進《よこせふじのしん》どのの長男藤太郎どのだ」

御先手組は若年寄の支配で、御先手弓頭と御先手鉄砲《てっぽう》頭とに分かれている。戦時のときは先備えとなるが、平時は閑職である。そこで、この御先手組頭が火付盗賊改め方を割り当てられており、いまの火盗改めも御先手組の他の組頭が務めている。

「青柳剣之助でございます」

剣之助は腰を折った。

「横瀬藤太郎でござる。青痣与力どののご高名は承《うけたまわ》っております」

少し尊大な口調で言い、

「またどこかでお会いするときも来ようかと存ずる。どうぞ、ごゆるりと」

と、付け加えた。

「それでは先生」

「うむ。お父上によしなに」

「はっ」

一礼し、藤太郎は引き上げて行った。

「さあ、どうぞ。お上がりください」

おいくが勧めた。

剣之助と志乃は客間に通された。向かい合ってから、改めて挨拶をした。治五郎はうれしそうに応じた。治五郎の顔は陽に焼けて真っ黒だ。庭の向こうには畑が広がっている。治五郎は畑仕事が日課なのだ。

「お元気そうで、安心しました」

剣之助は顔を綻《ほころ》ばせた。

「寝込んだときはどうなることかと思いましたが、すっかり元気になりました」

おいくが茶を差しだして言う。

「わしがいなくなったら、こいつに寂しい思いをさせてしまうからな」

治五郎は二十以上も違う若い妻女をいとおしげに見つめた。おいくはまったく変わらず若々しいので、ふたりの歳の差は実際以上にあるように思える。

「本来なら父が参るところでしたが、いま手が離せない事件を抱えていまして。こちらは父から」

剣之助は父から預かった土産《みやげ》を渡した。

「ありがたくもらっておく。『朱雀太郎』とかいう盗賊が跋扈《ばっこ》しているそうだな」

「ご存じでしたか」

「いや、じつはさっき聞いたばかりだ」

「ひょっとして、横瀬さまから？」

「そうだ」

「御先手組の横瀬さまが『朱雀太郎』に関心をお持ちとは意外でした」

「もしかしたら、お父上の横瀬藤之進どのは新たな火盗改め役を仰《おお》せつかるかもしれないそうだ」

「火盗改めですって」

火盗改め一組だけでは手に余れば、もう一組火盗改めを増やすという動きがあるとは聞いている。

これまでにも、火事の発生しやすい十月から三月まで、第二の火盗改めを設けることがあった。

「おそらく、もう一件、『朱雀太郎』が押込みを働いたら、第二の火盗改めが生まれるだろうということだ」

治五郎はさりげなく言ったが、父に伝えておけと言ってくれているのだ。

剣之助には衝撃的なことだった。奉行所では対処出来ないと、幕閣は見ているということだ。

「それにしても、なぜ、横瀬さまは先生に『朱雀太郎』の話をしたのでしょうか。いえ、まず、それより、先生と横瀬さまはどのようなご関係なのでしょうか」

剣之助は膝を乗り出した。

「父親の藤之進どのも私の門下だった。青柳どのと兄弟弟子になる」

治五郎は目を細めて当時を思いだすように口を開いた。

「私の門弟には若くて図抜けているのがふたりいた。ひとりが青柳どので、もうひとりが横瀬藤之進どのだ。歳は横瀬どののほうがひとつ上だったが、まだ二十歳《はたち》を過ぎたばかりで、真下道場の竜虎《りゅうこ》といわれた。だが、横瀬どのは一千石の旗本の跡継ぎ、片や青柳どのは八丁堀の与力……」

治五郎は言葉を濁《にご》したが、八丁堀の与力は二百石である。横瀬家と青柳家では家格が違う。それ以上に、八丁堀与力は罪人を扱うので卑《いや》しめて見られている。

「ともかく、横瀬どのは青柳どのに対して激しい対抗心を燃やしていた。しかしやがて、横瀬どののほうから道場を辞めていった。なぜか、わからぬが、青柳どのの顔も見たくなかったのであろう」

治五郎は苦い顔をした。

「しかし、横瀬どのは律儀に、盆暮れの挨拶は欠かさなかった。もちろん、使いの者が来るのだが、細々としたつながりはあったのだ。ところが、最近は伜の藤太郎どのがやって来るようになった」

「そうでございましたか」

「で、きょうはこの近くに用事があったらしい。そのついでに挨拶に寄ったというわけだが、その用事というのが『朱雀太郎』に関わりがあることだそうだ」

「関わりと申しますと？」

「いや、そこまで話してはくれなかった」

この近くに『朱雀太郎』のことで何があるのだろうか。

「そのような話は、またあとになさったらいかがですか」

おいくが口をはさんだ。

「おう、そうだのう。志乃どのも退屈であろう」

治五郎は目を細めて志乃を見つめた。

「いえ、ちっとも退屈ではありません」

志乃はきっぱり言ってから、

「でも、お話に入れないのがもどかしゅうございます」

「ほう。さすが、八丁堀与力どののご妻女だ。頼もしゅうござるな。そう言えば、青柳どのが多恵どのを連れてわしのところに挨拶に来たとき、青柳どのと捕物の話に夢中になった。そのとき、やはり、話に入れないのがもどかしゅうございますと、多恵どのが言っていたことを思いだした」

「まあ、義母《はは》がですか」

志乃が驚いたようにきいた。

「そうだ。剣之助どのもよい女子《おなご》を娶《めと》られたな」

治五郎は楽しそうに笑った。

一回り体が小さくなったような気がするが、治五郎は声にも張りがあり、元気だった。父も安心するだろうと思った。

その後、酒になり、昼食を馳走になるうちに陽が傾き出して、剣之助と志乃は暇を告げた。

「すっかり、ごちそうになりました」

剣之助はおいくにも礼を言う。

「これに懲《こ》りずにまたいらしてくださいね」

おいくは志乃に言った。

「はい、ぜひ、寄らせていただきます」

治五郎とおいくに見送られて、ふたりは土手に向かった。

「ほんとうに若くてきれいなお方」

志乃がおいくのことを言った。

「実に不思議なお方だ。何年か前にお会いしたときとまったく変わっていない。いや、むしろ若返ったような気がする」

「真下先生もお元気そうでしたね」

「うむ。まだまだ、矍鑠《かくしやく》としていらっしゃる」

ひんやりした川風が背中から吹いてきた。屋根船が浮かんでいる。

「あら、あれは……」

志乃が前方を見て声を上げた。

剣之助も目を凝らした。供の者を連れた武士が吾妻橋のほうに向かっている。

「横瀬藤太郎どのだ」

剣之助も意外そうに言った。治五郎の家を引き上げてから二刻（四時間）は経っている。その間、この付近にいたのだ。

『朱雀太郎』と関わりのある件で来たらしい。横瀬藤太郎は父親の藤之進が第二の火盗改めを仰せつかることを確信しているようだ。それで、いまの段階から探索をはじめているのか。

それにしても、この辺りに『朱雀太郎』に関わりがあるというのはなんなのか。

三囲神社の前にやって来たとき、剣之助は鳥居の前にいた男に声をかけられた。尻端折《しりっぱしょ》りした中間《ちゅうげん》ふうの男だ。

「青柳さまで。藤太郎さまがぜひにと仰っているのですが」

「横瀬どのが？」

剣之助は藤太郎に確かめたいこともあって、志乃に目顔できいた。志乃が頷いたので、

「わかりました。横瀬どのはどちらに？」

「境内にある茶屋におります。どうぞ」

後ろからついて来たのに気づいていたのだろう。まさか、こっちが真下治五郎の家

から引き上げるのを待っていたわけではあるまい。

中間ふうの男の案内で、茶屋の奥座敷に行くと、横瀬藤太郎が床の間を背にして端然と座っていた。

「よう参られた。どうぞ」

藤太郎が剣之助と志乃のふたりに言った。

「失礼いたします」

剣之助は少し離れた場所に志乃と並んで腰を下ろした。

「あのような場所でお会いするとは思わなかった。なるほど、志乃どのは噂どおりにお美しい」

「恐れ入ります」

「私の妻は従順なだけが取り柄の女だ」

藤太郎が自嘲ぎみに笑ってから、

「どうだ、私の妻と交換しないか」

と、鋭い目を向けた。

「えっ」

剣之助は度肝をぬかれた。

「冗談だ」

藤太郎は笑い飛ばした。

悪い冗談だと思ったが、剣之助はじっと我慢をした。

「お父上はお忙しいようだな。なにしろ、天下の青痣与力だからな」

「ええ、まあ」

剣之助は答えてから、

「横瀬さまは、こちらのほうにはどんな御用で？」

と、きいた。

「真下先生から聞いたであろう」

「いえ、詳しくは……」

「そうかな。まあ、いい。じつは、近々、父は火盗改めのお役を仰せつかることになりそうなのだ」

「いま、世間では、『朱雀太郎』が暴れ回っております。その探索に当たられるということですか」

「そういうことだ。なにしろ、奉行所も頼りにならんからな。いや、失礼」

藤太郎は含み笑いをした。

「では、『朱雀太郎』の件で、こちらのほうに?」

剣之助は不快な思いを隠して、探るようにきいた。

「まあ、そういうわけだ。もし、火盗改めを仰せつかったら、私も微力ながらお手伝いをするつもりだ」

「何かわかりましたか」

「いや、まだこれからだ」

女中が酒を運んで来た。

「まあ、一杯やろう」

藤太郎は鷹揚《おうよう》に言う。

「いえ。真下先生のところでさんざんいただいてきましたゆえ」

「まあ、一杯ぐらいいいではないか。注いでやれ」

藤太郎は女中に剣之助の盃《さかずき》に酒を注ぐように命じた。

剣之助は酌《しやく》を受けた。

「志乃どのもいかがか」

「では、少しだけ」

志乃も女中の前に盃を差し出した。

「新たに火盗改めが出来ると、いまの火盗改めはどうなるのでございますか」

「『朱雀太郎』以外にも、事件は多い。そっちをやってもらうということだ。奉行所も小さな事件を取り扱っていればよい。『朱雀太郎』は父上が捕らえてみせる。青痣与力どのにも申し伝えよ」

藤太郎は自信たっぷりだ。

「奉行所のほうも、『朱雀太郎』の探索を懸命に続けておりますゆえ……」

剣之助は反撥《はんぱつ》して口にしたが、

「いや」

と、すぐさま藤太郎が制した。

「この数ヵ月間、『朱雀太郎』にいいようにやられ、一味の正体もまるで摑めていない様子。幕閣も奉行所は当てにならないと判断したから、我が父に話を持って来たのだ。我らに任せてもらえばいい」

藤太郎は嘲笑を浮かべた。

剣之助は深呼吸をして心を静めてから、

「そろそろ、引き上げませぬと」

と言い、帰り支度をした。

「そうか。また、どこぞで会うこともあろう」

藤太郎は口許に不敵な笑みを浮かべた。

どうやら父剣一郎に対して敵意を抱いているらしいことに、剣之助は戸惑《とまど》いを隠せないまま、料理茶屋を出た。


その夜、剣之助は父の部屋に行った。

「真下先生のことは先ほど報告したとおりですが、じつは先生の家で、横瀬藤太郎というお方に会いました」

「横瀬？」

「はい。御先手組頭の横瀬藤之進さまのご子息です」

「横瀬藤之進か」

父は懐かしそうに言った。

「若い頃は、真下道場で竜虎といわれた間柄であった。そういえば、確か、うちより一年前に子どもが生まれた。あれから、会っていないが、達者のようだ」

「そのことですが、藤太郎どのの話では、横瀬さまは第二の火盗改めを仰せつかるとのことでした」

「なに、横瀬どのが……」

父の表情が曇った。

「幕閣は、奉行所をなんと心得ているのでしょうか。まるで、奉行所に対する当てつけではありませんか」

剣之助は怒りを隠さず言った。

「当てつけではないだろう。ただ、奉行所だけでなく、本来の火盗改めの尻を叩く意味合いがあるのかもしれない」

「いえ、藤太郎どのは、新たな火盗改めが『朱雀太郎』の探索を行なうと意気込んでおりました。きょうも、そのためにあの界隈《かいわい》のどこかを訪れたそうです」

「『朱雀太郎』の探索のためにか」

「はい。それ以上のことは話してくれませんでした。ですが、かなり自信満々の様子でした」

「そうか」

「父上。真下先生からお聞きしましたが、横瀬さまは父上に激しい敵愾心《てきがいしん》を抱いていたそうでございますね」

「うむ。もともと、家格が下の者と竜虎と並び称されることが面白くなかったようだ。近い年であったことも、不幸だったのかもしれない」

「いまでも、そのことを引きずっているのでしょうか」

「二十年前の若い頃のことだ。そんなことはあるまいと思うが……。でも、どうしてそんなことをきくのだ?」

「いえ」

態度が横柄なのは人間性であり、また家格が違うことでことさら不遜に振るまったのかもしれない。藤太郎が自分に敵対しているように思えたのは考え過ぎかもしれない。

「第二の火盗改めが誕生しようが、我らは今までどおり『朱雀太郎』の探索を進めるのみ。あくまでも敵は『朱雀太郎』だ」

父は妙に力んだ口調で言った。やはり、父も横瀬藤之進が第二の火盗改めとして登場してくることに動揺が隠せないのだと、剣之助は思った。と、同時に、藤太郎の自分に対する態度を思い出し、あの男とは関わりたくないと、改めて思った。

三

翌日、七兵衛は神田佐久間町の長屋を出て、きょうも芝露月町の質屋『水戸屋』の前にやって来た。

きのうは二度、おかるの姿を見かけたが、供がいて声をかけることが出来なかった。一度は昼過ぎ、女中を供に風呂敷包を持って出かけた。得意先か知り合いのところへの挨拶廻りのようだった。一刻ほどで帰って来た。

二度目は夕方である。やはり供を連れていたが、行き先は芝神明宮だった。お参りが日課になっているのだと思った。供がいても、神明宮でのほうが声をかけやすい。

『水戸屋』の前を素通りして、七兵衛は神明宮に向った。

神明宮は伊勢神宮の内宮《ないくう》、外宮《げくう》のそれぞれの祭神である天照大神《あまてらすおおみかみ》、豊受大神《とようけのおおかみ》を分霊して祀《まつ》ってある。

鳥居の横で待っていると、夕方になって、おかるが女中とともにやって来た。ふたりは手を清めてから拝殿に向かった。

七兵衛もお参りの振りをして拝殿に近づく。ふたりが並んでお参りをしている。先に女中が離れた。

七兵衛はおかるの横に並んだ。女中が少し離れたのを確かめてから、おかるに近づき、手を合わせながら、

「おかるさん。あっしは、哲太郎の仲間で七兵衛だ。何度か会ったことがある。哲太郎のことでききたいことがある。時間を作ってもらえないか」

「哲太郎さん……」

おかるが啞然《あぜん》とした。

「どうしても、哲太郎に会わなきゃならねえんだ。頼む」

しばらく経ってから、

「わかりました。女中を先に帰しますから、植込みのほうで待っていてください」

「あの植込みだな。わかった」

七兵衛は手を離し、一礼して拝殿の前から離れた。

植込みの陰から眺めると、ぽつんと待っている女中に、おかるが近づいて行った。

おかるが何ごとか囁《ささや》くと、女中は一礼し、鳥居のほうに去って行った。

おかるが植込みのそばにやって来た。

七兵衛が姿をみせた。

「おかるさん。すまねえ」

「いえ」

おかるは戸惑いぎみに、

「でも、私は哲太郎さんの居場所は知りません」

と、答えた。

「あっしは、おまえさんたちはいっしょになるものと思っていた。どうして、別れるようなことになっちまったんだ？」

おかるは首を横に振った。

「わからないんです。一年ぐらい前に突然、私の前からいなくなってしまったんです。何がなんだかさっぱりわからなくて」

「いなくなる前、妙なことはなかったかえ。たとえば、何か心配ごとがあるようだとか、暗く落ち込んでいるだとか……」

「いえ。特に変わったことは……」

「いなくなったあと、まったく連絡がないのか」

「はい」

おかるは俯《うつむ》いた。

「おかるさん。何かあるはずだ。哲太郎がふだんと違うことを口にしたり、何か見たとか……」

「そういえば」

　おかるが何かを思い出したようだった。

「哲太郎さんは私にいっしょになろうと言ってくれたあとで、その前にやらなければならないことがある。それが終わったら、いっしょになろうと言ってくれたんです」

「やらなければならないこと？」

「はい。それは何かとききましたけれど、教えてくれませんでした」

「哲太郎は、おかるさんといっしょになる気だったんだね」

「はい、はっきり言ってくれました。それなのに、突然、私の前から……。お店のひとも困っていました。哲太郎さんは誰にも何も言わずにいなくなってしまったんです」

　おかるは涙ぐんだ。

「その後、何か変わったことはなかったか。たとえば、見知らぬ人間が哲太郎のことをききにきたり……」

「いえ、ありません。たぶん……」

「たぶん？」

「哲太郎さんは、もう生きていないんじゃないかと思います」

「それで、あんたは後添いに？」

「はい。もう、どうでもよくなって」

「どんな亭主なんだね」

「嫉妬《しっと》深いのが困ります。外出もままなりません。外出するときは必ず女中をお供につけなければなりません」

「それだけ、あんたに惚《ほ》れているからだろう」

「いえ」

おかるははかない笑みを浮かべた。

「うちのひとは、外にも女を囲っていますから」

「なんだと」

七兵衛は舌打ちした。

「もし、哲太郎に会えたら、あんたのことを伝えておこう」

「いいえ」

おかるが寂しそうな顔で、

「あのひとはもう死んでいます。あれほど、私のことを想ってくれていたひとが心変わりするはずありません」

哲太郎が生きているのに、おかるから去って行ったとしたら、それは心変わり以外のなにものでもない。そのほうが、もっとつらい。だから、哲太郎が死んだと思い込もうとしているのか。

しかし、それ以外の事情で、哲太郎は失踪を余儀なくされたということもあり得る。そう思ったが、そのことは口に出せなかった。

いまさら言っても詮《せん》ないことだ。

「じゃ、そろそろ帰らないと。また、どんなことで責められるかもしれませんから」

「ああ、すまなかった」

小走りに去って行くおかるを見送りながら、七兵衛はため息をついた。おかるも決して仕合わせそうに思えなかった。

おかるに会っても、手掛かりは得られなかった。いや、はっきりしたことがひとつだけあった。

哲太郎はおかるに惚れていた。おかるもそう信じていた。そんなおかるを捨てて自ら失踪するはずはない。

仮に、何らかの事情で姿を晦まさなくてはならない状況に追い込まれたとしても、おかるを連れて逃げるはずだ。

七兵衛は黄昏《たそがれ》の空を見上げた。初冬の日は短い。僅《わず》かな時間で、辺りが暗くなっていった。

哲太郎は何者かに襲われたのだ。もう生きてはいないだろう。生きていれば、おかるの前に現れるはずだ。

ちくしょう。いってえ誰が哲太郎を……。七兵衛は涙で辺りの風景が滲《にじ》んだ。

芝からの帰り、日本橋久松町にある『十字屋』の前にやって来た。すっかり、暗くなり、店の大戸が閉まっていた。

もやもやした思いを庄蔵に聞いてもらいたいと思ってやみくもにここまでやって来たが、店の看板を見て思い止まった。

庄蔵は堅気になったのだ。かみさんと子どもがいる。もう、昔とは決別したのだ。そんな男にこんな話を持ち込んではならねえ。そう思い直した。

だが、江戸で頼れるのは庄蔵だけだ。話だけでも聞いてもらおう。いや、いけねえ。哲太郎が殺されたかもしれないという話を聞いたら、庄蔵とておだやかならざる気持ちになるはずだ。

昔の因縁に引きずり込むような真似はしちゃならねえ。気持ちは揺れ動いたが、やはり会うべきではないと思った。

引き上げかけたとき、

「七兵衛さん」

と、声をかけられた。

七兵衛はあわてた。振り返ると、潜り戸の外に庄蔵が立っていた。

「小僧が店の前に誰か立っていると言ったので、もしやと思って。やはり、七兵衛さんだったか。何をしているんだ。さあ、入ってくれ」

「いや。よそう」

「よそう？」

「おまえさんに会いに来たんだが、堅気になったおまえさんには迷惑だ。すまなかった。忘れてくれ」

そう言い、七兵衛は去りかけた。

「待てよ。何か話があったんだろう。聞かせてくれ」

「いいんだ」

「よかねえ」

庄蔵がそばまでやって来て、

「七兵衛さん。俺にとっちゃあんたは兄貴みたいなものだ。水臭いじゃねえか」

「………」

哲太郎のことで、心が弱っていたせいか、庄蔵の言葉に胸が熱くなった。

「じゃあ、向こうに行こう」

七兵衛は庄蔵を浜町河岸に誘《いざな》った。

浜町堀を川船が行く。提灯《ちょうちん》の明かりが川面《かわも》に映っていた。

「哲太郎に会ったのか」

河岸を歩きながら、庄蔵はきいた。

「ほんとうに知らないのか」

七兵衛は立ちどまった。

「知らないとは何がだ？　まさか、哲太郎に何かあったのか」

庄蔵は声の調子が変わった。

「一年前から行方知れずだ」

「七兵衛さん。冗談はよせ」

「こんなこと、冗談で言えるか。一年前、ある日、突然、哲太郎はいなくなったそうだ。店もそのままだ。好き合っていたおかるという女も何も知らされていない」

「どういうことだ？」

すぐに答えようとせず、七兵衛は河口のほうに歩きだした。前方に見える提灯の明かりは辻番所だ。浜町河岸をはさんで武家地が広がっている。

「家の中を荒らし回った形跡があったらしい」

七兵衛が言う。

「なんだと。じゃあ、誰かが……」

「哲太郎は殺されていると考えたほうがいい。死体はどこかに埋められているんだ」

「いってえ、誰が？」

庄蔵は茫然《ぼうぜん》と呟《つぶや》く。

「わからねえ。いってえ、何があったのか、まったく、わからねえ。ただ、こうなると、『朱雀太郎』が絡《から》んでいるとしか思えねえ」

七兵衛は歯嚙みをした。

「『朱雀太郎』が哲太郎を殺したのか」

「そうかもしれねえ」

「でも、どんなわけがあるんだ。どうして、哲太郎を殺さなきゃならねえんだ」

「わからねえ。だから、おまえさんの智恵を拝借しようとしたんだ」

辻番所に差しかかり、口を閉ざして素通りする。

通り過ぎてから、

「『朱雀太郎』は朱雀の哲という哲太郎の異名を知っていたことになるが……」

庄蔵が小首を傾げて言う。

「ああ、知っている奴だ。だが、なんのために朱雀を名乗ったか」

七兵衛は顎《あご》に手をやる。

「ひょっとして」

庄蔵は何かを思いついたようだ。

「押込み先は江戸の東だ。おかしらが決めた青龍の昌の縄張りだ。おそらく、青龍の昌を潰しにかかっているのではないか」

「昌を？」

「そうとしか思えねえ。まず、朱雀の哲を始末し、次の狙いは昌。あの押込みのもうひとつの目的は青龍の昌だ。昌に揺さぶりをかけているのだ」

庄蔵は眦《まなじり》をつり上げた。

「ということは、その次は……」

「そうだ。玄武の常と白虎の十蔵のいずれかだ。目的は四人を抹殺することじゃねえのか」

　庄蔵は昂奮して続ける。

「そう考えれば、何かが見えてくる。江戸で四人に暴れ回られては困るのは同業者しかいねえ。四人がいる限り、自由に暴れ回れない。そう思っている誰かが四人を排除しようとしたんだ」

「そうだな。俺たちが暴れ回っている間、火盗改めや奉行所の取締りが強まり、他の盗賊たちは仕事がしづらくなったそうだ」

　七兵衛は、おかしらの秀太郎が他の盗賊一味からもう少し控え目に仕事してくれと頼まれたと明かされたことがあった。

「そうだったな。一時は、大きな仕事は俺たちだけだった」

　庄蔵が思い出して言う。

「誰か思い浮かぶか」

　七兵衛はきいた。

「さあな」

「霧の鮒吉はどうだ？　奴の手下はおかしらを恨《うら》んでいるはずだ」

三年前、江戸で暴れていたのは他に霧の鮒吉一味がいた。押し入った家の者を殺し、女を手込めにした上に殺す。残虐非道な盗賊だった。

「しかし、一味は全滅したはずだが」

庄蔵が異を唱えた。

「いや、鮒吉には情婦がいた。情婦との間に息子がいたはずだ。息子はいまは二十歳になっている」

「その、息子が復讐をしているっていうのか」

「そうだ。その可能性は十分にある」

七兵衛はそうに違いないような気がしてきた。

霧の鮒吉一味の残虐非道な振る舞いを、秀太郎は許せなかった。それで、秀太郎は鮒吉一味の隠れ家を探り出し、火盗改めに密告した。

隠れ家を急襲された鮒吉一味は抵抗したためほとんどが火盗改めに斬り殺された。だが、鮒吉には息子がいたのだ。その息子が再起を図り、また目の上のたんこぶであり、恨みのある秀太郎の子分たちを壊滅しようとすることは十分に考えられる。

「なるほど。十分に考えられるな」

庄蔵も頷いた。

「いずれにしろ、青龍の昌を探すことが先決だ」

そう思ったが、すでに昌も始末されている可能性もある。そのことを含め、昌の消息を探ることが先決だ。

「俺も調べてみる」

庄蔵が口にしたので、七兵衛ははっとして、

「いけねえ。おめえはだめだ」

と、強い口調になった。

「なぜだ?」

「もうおめえは足を洗ったんだ。このことには関わりはねえ。忘れるんだ」

「そうはいくか。仲間が危機に晒《さら》されているかもしれないのにのうのうとして」

「かみさんと子どもがいるんだ。いいか。もういい。三年前、朱雀の秀太郎一味は解散した。と、同時に、お互いは他人同士になると誓ったのだ。その誓いどおり、もう会わないようにしよう」

「七兵衛さんだって足を洗ったのに、この件に首を突っ込んでいるじゃねえか」

「俺はおかしらに頼まれて様子を見に来ただけだ。俺が、おめえを訪ねたのは間違い

だった。迷惑をかけた」

「七兵衛さん」

「いいかえ。もうおめえは堅気なんだ。いまの仕合わせを壊すような真似はするな。いいな」

そう言い、七兵衛は大川沿いを新大橋《しんおおはし》のほうに向かって駆けだした。庄蔵の呼ぶ声が川風に乗ってどこまでも追い掛けてきた。

四

翌日の昼前、剣一郎は蔵前の札差『後藤屋』にやって来た。

薬種問屋の『佐原屋』に『朱雀太郎』が現れてから八日が経った。

植村京之進や火盗改めは、労咳を患っている浪人を探しているが、いまだに見つからない。それで、剣一郎はある考えを持った。『朱雀太郎』一味の侍は浪人だという思い込みがあるが、御家人である可能性もあるのではないか。

薬種問屋の『佐原屋』の主人が咳をしている侍を知っていた理由について、剣一郎はあることを思いついたのだ。

被害に遭った商家の中に、札差の『後藤屋』があった。『後藤屋』の主人も殺されている。

それで、『佐原屋』の内儀に会い、確かめたところ、『佐原屋』の主人と『後藤屋』の主人は親しい関係であることがわかった。

よくふたりで、深川仲町《なかちょう》や吉原に繰り出していたらしい。『後藤屋』は伜の代になって、以前と同じ活況を取り戻していた。

「まだ、『朱雀太郎』を捕まえることは出来ないのでしょうか」

店先で会った、いまの主人の新右衛門《しんえもん》が無念そうに言った。まだ、三十前だが、でっぷりとして貫禄のある風格だった。

「もうしばし、待っていただきたい。必ず、お縄にしてみせる」

剣一郎はそう答えるしかなかった。

「ちょっと訊ねたいのだが、『後藤屋』の札旦那の中で、咳をしている武士に心当たりはないか」

旗本や御家人の俸禄米を換金したりする札差は旗本や御家人からは蔵宿と呼ばれ、札差からは取引している旗本や御家人を札旦那という。

「咳ですか」

新右衛門はすぐに思いだしたようだ。

「そういえば、父が言ってました。本所南割下水に住む小普請組の進藤勝之助《しんどうかつのすけ》さまは胸を患われていると」

「進藤勝之助どのだな」

「はい」

「借金はあるのか」

「一時はだいぶ嵩《かさ》みましたが、最近は少しずつ返済していただいております」

「返済？」

そんな余裕があるのか。

「進藤勝之助どのとは、どのようなお方だ？」

「渋い顔だちですが、素行が悪くて小普請組にされたという噂どおり、あまりたちのよいお方ではありません」

新右衛門はあまり好意を持っていないようだった。

小普請組は仕事のない者の集まりであって、病弱の者や、老齢の者もいるが、罪を犯して職を解かれた者も属している。

したがって、いろいろ問題を起こす御家人が多い。特に本所に住む小普請組の御家人は屋敷を賭場にしたり、ゆすり、たかりをしたりと枚挙にいとまがない。

「薬種問屋の『佐原屋』の主人がその進藤勝之助に会ったことがあるかわからないか」

「会っています。というのは、進藤さまは深川の仲町の芸者と親しくしていて、料理屋の帰り、父と佐原屋さんは河岸で進藤さまと芸者が逢引きしているところに出くわしたことがあったそうです。あっ、思いだしました。そのとき、進藤さまが激しく咳き込まれたと。あとで、佐原屋さんがあのお方は胸を患っていると仰ったそうです。そのことを、父が私に話してくれたのです」

「すると、進藤どのも佐原屋の顔を見ているのだな」

「はい」

「わかった。邪魔をした」

剣一郎は『後藤屋』をあとにした。

一昨日の剣之助のはなしでは、第二の火盗改めの誕生は間違いないようだ。ただ、剣一郎が驚いたのは、横瀬藤之進が拝命するということだった。

横瀬藤之進は昔から激しい気性の持ち主で、すべてにおいて尊大だった。そういう人間が火盗改めのかしらになれば、どうなるか。今まで以上に、容赦のない探索と捕縛が繰り広げられるかもしれない。

なにしろ、火盗改めには怪しいと思えば、相手が旗本、御家人であろうが、どしどし捕まえて拷問にかけることが許されているのだ。

これでは冤罪《えんざい》の可能性がある。ことに、横瀬藤之進のような男が火盗改めになったら、人間の尊厳など無視された取調べが行なわれる危険性がある。

なんとしてでも、早く、『朱雀太郎』を捕まえなければならない。そのための唯一の手掛かりが、進藤勝之助だ。

もちろん、短絡的に進藤勝之助を一味と決めつけることは出来ない。他にも不良旗本か御家人の中に労咳を患っている武士がいるかもしれない。だが、調べてみる必要はある。

これが、火盗改めならためらうことなく進藤勝之助をしょっぴいて拷問にかけるはずだ。

その日の午後、剣一郎は文七と本所南割下水にやって来た。

南割下水の堀に出る手前に、進藤勝之助の屋敷があった。剣一郎はその前を素通りした。ひっそりとしている。

行き過ぎてから、

「じゃあ、私は見張っています」

と、文七が言う。

「よし。私は回向院で待つ」

「はっ」

文七と分かれ、剣一郎は本所回向院に向かった。

回向院の参道も賑わっていた。

剣一郎は境内で文七を待った。

明日六日から十五日まで『お十夜』がある。浄土宗《じょうどしゅう》の寺院では十日十夜の法要修行が行なわれ、たくさんの善男善女で賑《にぎ》わう。

さらに、今月末からは勧進相撲がはじまる。年二場所の本場所であり、また大勢のひとで賑わうのだ。

半刻（一時間）ほどして、文七が息せき切ってかけつけた。

「出かけました。亀戸《かめいど》天満宮《てんまんぐう》の参道脇にある料理屋に入りました」

「よし」

文七といっしょに亀戸天満宮に急いだ。

誰と会うのか、確かめるのだ。法恩寺橋《ほうおんじばし》を渡り、さらに天神橋を渡ると、天満宮の参道になる。

両側に土産物屋や茶屋が並んでいた。そこの小路を入ると、落ち着いた佇《たたず》まいの料理屋の門が出て来た。

「ここです」

「よし、入ってみよう」

剣一郎は文七とともに料理屋の門を入った。

編笠を外すと、女将《おかみ》があっと声を上げた。

「青柳さまで?」

左頬の青痣を見て、女将は気づいたのだ。

「さっき、進藤勝之助という武士が来たはずだが」

「はい」

「すまぬが、その隣の部屋に案内してもらいたい。このことは内密に」

「申し訳ございません。隣の部屋はお客さまが入っております。離れの、内庭をはさんだ向かいの部屋なら空いておりますが」

「よし。そこでよい。案内してくれ」

「はい」

女将は自ら案内に立った。

庭に面した廊下を行く。庭の反対側にも廊下が続いて部屋が並んでいた。

一番奥の部屋に、剣一郎と文七は入った。

「向かいの部屋にいるのか」

「はい」

「相手はどんな客だ？」

「三十ぐらいの渋い感じのお方でございます。三浦屋助五郎《みうらやすけごろう》さまと仰り、商売人のようにも思えますが」

「ひとりか」

「そうです。いつもひとりでございます」

「何度か、ふたりは会っているのか」

「はい。きょうで、三度目でございましょうか」

「進藤どのは、三浦屋助五郎と名指しでやって来たのだな」

「さようでございます」

「わかった。すまぬが、こちらにも酒を出してもらおう」

こっちの部屋に酒が運ばれる気配がないと、向こうは不審を抱くかもしれない。用心に越したことはない。

「こちらのことは決して気取《けど》られぬように」

「はい」

「それから、向こうが引き上げるとき、知らせてもらいたい」

「畏《かしこ》まりました」

女将が部屋を出て行った。

障子《しょうじ》の隙間から向こうの部屋を見るが、障子が閉まっていて中が見えない。女中が酒か料理を運び入れるのを待つしかなかった。

女将が女中とともに酒膳を運んで来た。

「すまない。あとは勝手にやるから気にせんでいい」

「わかりました」

女将と女中が去ってから、

「時間がかかろう。さあ、我らも一杯やろう」

と、剣一郎は徳利《とっくり》をつまんだ。

酒を呑みながら、文七は常に向こうの部屋を気にした。

「あっ、女中が行きました」

隙間から覗いて、文七が言う。隙間から窺う。

剣一郎も立ち上がった。

女中が向かいの部屋の前に座り、障子を開けた。部屋の明かりが廊下に漏れた。床の間に座っている武士が目に飛び込んだ。

頬がこけ、やつれた感じだった。もうひとりの三浦屋助五郎は障子の陰に隠れて、その姿を見ることは出来なかった。

酒膳の前に戻った。

「ふたりが何のために会ったのか、気になる」

次の押込みの打ち合わせではないかと、剣一郎は気になったのだ。

「助五郎のあとをつけるのだ」

剣一郎は言った。

「畏まりました」

「なんとしてでも、これ以上の押込みを許してはならない」

もし、また押込みを許してしまったら、第二の火盗改めが誕生してしまう。それ以上に、また罪のない人間の命が奪われるかもしれないのだ。

それから半刻後だった。女将が小走りにやって来た。

「そろそろ、あちらさまはお発《た》ちになります。駕籠《かご》を呼びました」

「よし、文七」

「はっ」

文七は立ち上がるや、一礼して部屋を出て行った。門の前に先回りをするのだ。

「女将。勘定をしてもらおう」

剣一郎は紙入れを出した。

「結構でございます」

「いや、そうはいかぬ。とってもらおう」

「はい」

女将はいったん帳場に戻った。

剣一郎は向かいの部屋を見つめた。女中が障子を開けた。進藤勝之助に続いて、羽織姿の町人が出て来た。三浦屋助五郎だ。

三十前後だが、落ち着いた感じだ。が、部屋を出たとき、目がこっちの部屋に向けられた。それから、庭に目をやった。

あの目配りはただ者ではないと思った。

進藤勝之助が先に立ち、ふたりは廊下を行く。剣一郎も静かに部屋を出た。

門を出ると、二丁の駕籠が待っていた。屋敷までそれほどの距離ではないが、進藤勝之助も駕籠で帰るようだ。体のことを考えてのことか。

ふたりがそれぞれ駕籠に乗り込むと、駕籠かきの掛け声で、駕籠は出立した。

ふたつの駕籠は法恩寺橋を渡るまではいっしょだったが、その後道を分かれた。助五郎の駕籠のあとを、文七がつけて行った。


翌朝、髪結いが来る前に、早々と文七が庭先にやって来た。

「わかったか」

剣一郎は腰を下ろしてきいた。

「はい。助五郎は本郷の妻恋《つまこい》神社の脇にある雑貨屋に入って行きました。自身番で訊ねたところ、雑貨屋の老夫婦の親戚の者で、一年前から住んでいるということです」

「商売は何をしているんだ?」

「紙の仲買人だそうです。ときたま、信州や八王子《はちおうじ》などに紙の買いつけに出かけているそうです」

「独り者か」

「しばらく、張り込んでいてもらおう。京之進に話しておくが、証拠がないことゆえ、しばらくは奉行所として動くのは控えたい」

「そのようです」

「わかりました」

これが火盗改めならためらうことなく助五郎を役宅にしょっぴき、拷問にかけるだろう。もし、違っていても、火盗改めはいかような言い訳も出来るのだ。

文七が去ってから、入れ代わるように植村京之進がやって来た。

「早い時間に呼び立ててすまなかった」

剣一郎が使いを出したのだ。

「いえ、いつでも馳《は》せ参じます」

京之進は真摯な顔で言う。

「で、そっちはどうだ？」

労咳にかかっている浪人の探索である。

「いまだに。労咳の浪人がいて、すわと思いましたが、貧しい暮しで、医者にかかっておりますが、高麗人参《こうらいにんじん》など縁のない者でした」

「そうか」

剣一郎は京之進のほうの状況を聞いてから、

「じつは、労咳にかかっているのは浪人ではなく、れっきとした御家人ではないかと考えた。すると、小普請組にいた。進藤勝之助という男だ」

その御家人を見つけた経緯を話し、さらに進藤勝之助が三浦屋助五郎という男と会っていたことを話した。

京之進の顔つきが変わって来た。

「助五郎のことは文七が見張っている。証拠があるわけではないので、迂闊に踏み込むことは出来ない。へたに動いて、他の仲間を取り逃がしては何もならない。したがって、動き出すのを待つしかないかもしれない。ただ、何かあったら、すぐ対応出来るようにしておいて欲しい」

「わかりました」

京之進はいくぶん昂奮して、

「お話をお聞きした限りにおいては、疑いが濃いと思われます」

と、半ば確信したように言った。

「ただ、進藤勝之助は小普請組といえど直参だ。不用意には手を出せぬ。何か他に手掛かりが欲しいが……。『朱雀太郎』は他にはまったく失敗はないようだ」

剣一郎は口惜しげに言う。

「咳の件がなければ、手のつけようもありませんでした」

「前から気になっていたことがある」

剣一郎は押込み先が江戸の東部に集まっていることと、朱雀太郎と名乗っている朱雀は南の方角の守護神であることを話した。

「朱雀と名乗っていることに何の意味もないのかもしれぬが、少し気になるのだ。というのは、朱雀は朱であり、炎だ。そのことと付け火が結びつく。そう考えると、朱雀には何らかの意味が込められているような気がしてならない」

「そうですか。私はそこまで深く考えてみませんでしたが……」

京之進は戸惑いぎみに答えた。

「まあよい。このことを心に留めておいてくれればよい」

「はっ」

「よし。ごくろうだった」

「失礼いたします」

京之進が去ってから振り向くと、髪結いがすでに来ていた。

朝、剣一郎が奉行所に出仕すると、すぐに宇野清左衛門に呼ばれた。

年番方の部屋に行くと、清左衛門は机から離れて待っていた。

「向こうへ行こう」

清左衛門は立ち上がって、空いている部屋に向かった。

そこで差し向かいになってから、

「青柳どの」

清左衛門が硬い表情で言った。

「きのうお奉行は老中から言われたそうだ。あと三日待って、『朱雀太郎』の件で何の進展もなければ、第二の火盗改めを作るという」

「なんと。最初は、さらなる押込みが発生した場合に、作るということでしたが？」

「幕閣では、御先手組頭の横瀬藤之進どのへの期待が高まっているそうだ」

「横瀬藤之進どの……」

やはり、横瀬藤之進かと、剣一郎は屈託が胸一杯に広がった。

「聞くところによると、横瀬どのは火盗改めの役につくことで張り切っているそうだ。すでに独自に『朱雀太郎』の探索にかかっているらしく、事件解決に自信を持っているようだ。そのこともあって、若年寄どのはすぐにでもお役につかせたい意向だという」

剣之助も、そのことを言っていた。横瀬藤太郎は『朱雀太郎』の件で向島に行っていたという。かの地に何があるのか。

「むろん、任務は『朱雀太郎』の探索だ。これで、我らの競争相手はふた組の火盗改めということになる」

もちろん、横瀬藤之進を長とする火盗改めは臨時であり、いまの火盗改めが本役である。だが、横瀬藤之進は『朱雀太郎』の件で手柄を立て、火盗改めの本役を狙うつもりであろう。

「あと三日で、事件の解決は難しかろう」

清左衛門はいらだたしげに言い、

「何か進展はあったのか」

と、縋《すが》るようにきいた。

「いま、疑わしい人物を見つけ、見張らせております。証拠がないゆえ、何の手出しも出来ませんが、私としては十分に手応えを感じております」

「もどかしいの」

「はい。これが火盗改めなら強引に捕まえ、拷問にかけて口を割らせようとするでしょう」

「奉行所はそこまで出来ぬ」

清左衛門は口許を歪ませた。

ふと、襖の外で咳払いがした。

「失礼する」

襖が開いて、長谷川四郎兵衛が顔を出した。

「青柳どのもいっしょで都合がよい」

四郎兵衛は向かいに座ってから、

「いよいよ、第二の火盗改めが誕生する」

と、目を剝《む》いて切り出した。

「いま、その話をしていたところです」

「じつはお奉行から妙な話を聞いた」

そう言い、四郎兵衛は清左衛門と剣一郎の顔を交互に見た。

「あらたに火盗改めを拝命するのは一千石の御先手組頭の横瀬藤之進どのだ。横瀬どのは自ら志願したとのこと」

「自ら？」

清左衛門が怪訝《けげん》な眼差《まなざ》しになった。

「そうだ。おそらく、『朱雀太郎』の探索に自信があるのであろう。それともうひとつ」

四郎兵衛は息継ぎをして、

「青柳どのと横瀬藤之進どのは顔見知りだそうだの？」

と、剣一郎の顔を覗き込んだ。

「はい。若い頃、鳥越にあります剣術道場の同門でありました」

「竜虎と呼ばれ、互いに切磋琢磨《せっさたくま》した仲、いや、実際は激しく敵対していたとか」

「はい。横瀬どのは私に負けたくないという気持ちを激しく持っておいでのようでした」

「いまも、その気持ちを持っているのではないか」

「まさか。二十年も昔のことです」

「いや。昨今、青痣与力として高名になった青柳どのを面白く思っていないようだ。青柳どのの名声を貶《おとし》めようという気持ちも、今度の火盗改めの志願にはあるようだ」

「………」

信じられないことだ。そんな昔の感情が、いまになって蘇《よみがえ》り、志願のきっかけになるだろうか。

「いずれにしろ、横瀬どのは奉行所に対して並々ならぬ闘志を燃やしておる。こちらも、それなりの陣立てをして対応せねばならぬ」

四郎兵衛は膝を進め、

「剣之助にも手伝わせよ」

と、強い口調で命じた。

「なにも青柳どのの力量を疑おうというものではない。ただ、倅どのの手を借りたほうが、青柳どのも動き易いのではないか」

「仰るとおり」

清左衛門が呼応した。

「青柳どのの手足として剣之助はうってつけ」

清左衛門の気持ちはわかっている。剣之助を剣一郎の後継者にさせようとしているのだ。

剣一郎は与力でありながら、重大な事件には特命により独自の探索を命じられてきた。そして、数々の難事件を解決に導いてきた。

だが、清左衛門はゆくゆく自分が隠居したあとの年番方与力の職を剣一郎に任せようとしている。その上で、いまの剣一郎が担っている役目を剣之助に継がせるのが、奉行所にとって最良のことだと思っているのだ。

「青柳どの。剣之助はそなたが思う以上の人物だ。磨けばさらに光る」

四郎兵衛は言った。

「長谷川さま。剣之助に対するご高配をありがたく存じます。が、なぜ長谷川さまはそこまで剣之助に目をかけてくださるのでございましょうか」

そのことが、剣一郎には謎だった。

「剣之助の器量を買っているだけだ。では、宇野どのから、正式に剣之助に特命を」

そう言い、四郎兵衛は立ち去って行った。

「青柳どの。よいか、剣之助にはこれから命じる」

清左衛門が厳《いか》めしい顔で言った。

「はっ。よしなに」

剣一郎は頭を下げた。

いよいよ、横瀬藤之進が登場してくる。もしや、二十年前のあの一件をまだ根に持っているのだろうか。

ふと、剣一郎は憂鬱《ゆううつ》になった。

五

七兵衛は以前、青龍の昌が住んでいた池之端仲町《いけのはたなかちょう》の裏長屋にやって来た。何度か、昌五郎に会うために訪れたことがある。昌五郎は大道易者の昌雲《しょううん》と称していた。

七兵衛は木戸を入り、路地を行く。易の絵柄が描かれた腰高障子《こしだかしょうじ》はなかった。昌五郎がすでにここにいないことを物語っている。

七兵衛は昌五郎が住んでいた隣家を訪れた。腰高障子を開けて、声をかけると、すぐに女の声が返って来た。

「これはおかみさん」

七兵衛は何度か顔を合わせたことのある女房に挨拶をした。

「おまえさんは？」

丸顔の女房は怪訝そうな顔をした。

「へえ、以前、昌雲先生に占ってもらいに来ていたもんです」

「ああ」

「思い出していただけましたか」

「ええ」

「もう、昌雲先生はこちらにいらっしゃらないんですかえ」

「一年前に出て行きましたよ」

「一年前」

まさか、哲太郎のように突然いなくなったわけではあるまいと思いながら、

「どちらに行ったかわかりますか」

と、きいた。

「なんでも、牛込《うしごめ》のほうに行くと言ってました」

「牛込ですかえ」

昌五郎がほんとうのことを話したとは思えない。単に、住まいを変えただけなのか。それとも、ここにいられない何かがあったのだろうか。

「何かあったんですかねえ」

「さあ」

「出て行くときの様子はどうでしたかえ」

「なんだか、あわただしかったですよ」

女房は思い出して言う。

「引っ越す前、誰かが訪ねて来たのでしょうか」

「いえ」

女房は否定したあとで、

「そうそう、引っ越した数日後に、男のひとが訪ねて来ましたね。ちょっと怖そうな顔をしたひとです」

「怖そうな？　遊び人ですか。いくつぐらいでしたかえ」

「同い年ぐらいだったとおもいますけど」

「背格好は？」

「胸板の厚いがっしりしたひとでした」

その特徴で思いつくのは、玄武の常だ。一年ぐらい前というと、哲太郎が姿を晦ました頃だ。

やはり、その頃、四人に何かが起こったのだ。霧の鮒吉の伜による復讐がはじまったのかもしれない。まず手始めが哲太郎だ。

朱雀の哲が姿を消したことを知り、玄武の常が青龍の昌に相談しに来たということも考えられる。

しかし、昌五郎はその前に何かのことで身の危険を感じて長屋から逃げた。霧の䱵吉の伜から逃れるためだ。

七兵衛は木戸のそばに住む大家を訪ねた。

「あっしは以前に、何度か昌雲先生に占ってもらった者ですが、久しぶりにやって来て引っ越しされたことを知りました。どこに行ったか知りませんか」

「何も言いませんでしたな」

鬢《びん》に白いものが目立つ大家は思い出しながら言う。

「急だったんでしょうか」

「急でしたな。それこそ、逃げるように出て行きました」

「家賃はちゃんと払っていたのですか」

「そうです。滞《とどこお》りはありませんでした」

「その後、昌雲先生を見かけたという話を聞きませんか」

「聞きません。どこぞで、易者をやっているのだと思いますが」

「昌雲先生が引っ越しした数日後に、三十歳ぐらいの怖そうな顔をした男が昌雲先生を訪ねて来たそうですが、大家さんは知っていますかえ」

「いや、それは知りません」

その後、いくつかきいたが、なにぶん一年前のことであり、忘れていることも多く、手掛かりは得られなかった。

七兵衛は長屋をあとにした。

昌五郎があわただしく引っ越して行ったのは、霧の鮒吉の伜から逃げるためだ。単なる引っ越しではなかったのだ。

昌五郎が引っ越したあとにやって来たのは、常吉と思われる。ともかく、常吉を訪ねてみようと、七兵衛は思った。

池之端仲町から湯島《ゆしま》の切り通しの坂を上がり、本郷へ出た。さらに、水戸家の上屋敷を左に見ながら小石川《こいしかわ》を抜けて駒込《こまごめ》にやって来た。

常吉は駒込片町《かたまち》の一軒家に住んでいた。曹洞宗《そうとうしゆう》の吉祥寺《きちじようじ》の近くである。果して、いまもそこに住んでいるだろうか。

右手前方に、吉祥寺の大伽藍《だいがらん》が見える。参詣人が参道に向かう。七兵衛は反対に折れた。

小体な家の前に立った。七兵衛は格子戸を開けた。

「ごめんなさいまし」

薄暗い奥に呼びかけた。

するとだいぶ時間が経ってから、畳をするような音がして、白髪の老婆《ろうば》が現れた。


「どちらさまで?」

「失礼だが、こちらは常吉さんの住まいじゃありませんかえ」

七兵衛は老婆の目を見てあっと思った。目を閉じている。

「いえ、違います」

「そうですかえ。三年前まで、こちらに常吉さんが住んでいたんですが、じゃあ、もう引っ越されたんですね」

七兵衛は半分予期していたが、常吉がここにいないとわかって落胆した。

「私たちは半年前にここに引っ越して来ました。それ以前に、どなたが住んでいたかはわかりません」

「そうですか」

七兵衛は大きくため息をついたが、

「ここのご主人は?」

と、気を取り直してきいた。

「娘です」

「娘さん？　いま、お出かけですか」

「はい。吉祥寺さんにお参りに。すぐ、戻って参りますが。あっ、帰って来ました」

七兵衛が小首を傾げた。格子戸は開けてあるが、ひとがやって来る気配はない。だが、しばらくして、下駄《げた》の鳴る音がした。

やがて、二十四、五歳の色っぽい年増が現れた。

「あら」

と、女が目を見張った。

「お留守中、訪ねて申し訳ございません。私は、以前この家に住んでいた常吉というひとの知り合いでして、とうに引っ越したことも知らずにやって参りました」

「そうですか。私がここに移ったのは半年前です。それ以前は空き家だったと聞いています」

「そうですか。どうも、とんだお騒がせをして申し訳ございませんでした」

七兵衛は詫《わ》びてから女の脇をすり抜けて外に出た。

今の女は旦那持ちだろう。常吉が引っ越して空き家になった家を、旦那が妾《めかけ》のために借りてやったのか。

近所で、常吉のことを聞いてみようと思ったが、常吉はほとんど近所づきあいをしなかった。昌五郎のように、誰にも行き先は告げていないはずだ。

四人のうち三人の行方がわからない。果して、白虎の十蔵は無事でいるのか。

七兵衛は十蔵の住む代々木町《よよぎちょう》に向かった。


代々木町にやって来た頃には陽はだいぶ傾き、十二社権現《じゅうにそうごんげん》の向こうから西陽がまともに顔に当たった。

手を翳《かざ》して西陽を避け、十蔵の住んでいる家に向かった。すぐ近くに田畑が広がり、武家屋敷も並んでいる。

十蔵の住まいに近づいて、七兵衛は気持ちが重くなった。戸口に立ち、庭のほうに目をやると、ひと影が見えた。

七兵衛は移動した。柴垣から覗くと、年寄りの姿が見えたからだ。

見知らぬ年寄りが十蔵の知り合いとは思えない。すでに他人が住んでいる。そう思った。念のために、その年寄りに柴垣越しに声をかけた。

「こちらは十蔵さんのお住まいではありませんかえ」

「いや、違う」

年寄りは目をしょぼつかせて言った。

「三年前には、こちらに住んでいたんですが」

「儂は半年以上前に、越して来た。それ以前は、空き家だった。前に住んでいたひとのことはわからないね」

年寄りはにべもなく答える。

「そうですか。どうも、お邪魔しました」

そそくさと、七兵衛は柴垣から離れた。

四人が消えた。やはり、霧の鮒吉の身内が動いているのか。そう思ったとき、七兵衛の背筋に冷たいものが走った。

（俺も狙われる）

七兵衛は覚えず辺りを見回していた。

第三章　高麗人参《こうらいにんじん》

一

翌日の朝、剣一郎は神田鍋町《なべちょう》の紙問屋『上州屋《じょうしゅうや》』にやって来た。すでに、植村京之進が駆けつけていた。

「青柳さま」

剣一郎の顔を見て、京之進が近寄って来た。

「被害は？」

「はい。千両箱を盗まれましたが、怪我人《けがにん》はいません」

「『朱雀太郎』に間違いないのだな」

「はい。朱の覆面をした男を中心とした盗賊だそうです。付け火で威《おど》され、言うがままに土蔵の鍵《かぎ》を渡してしまったそうです。さらに、賊は引き上げるとき、朝まで屋敷を一歩も出るな。誰かひとりでも出たら火を放つと言われ、朝まで身動き出来なかったそうです」

『朱雀太郎』のいつもの手口だ。

京之進のあとについて大広間に行く。そこに家人や奉公人が集められていた。京之進が呼び集め、事情を聞いていたのだ。

「青柳さまから、改めてお訊《たず》ねがある」

京之進が『上州屋』の主人に声をかけた。

「はい」

青ざめた顔の上州屋は軽く剣一郎に会釈をした。

「賊が押し入ったのは何時だ？」

「表の戸が叩かれたのは四つ（午後十時）前です」

「『朱雀太郎』と名乗ったのだな」

「はい。番頭さんが呼びに来たので店に出て行きました。私がもう一度、どちらさまでときいたら、『朱雀太郎』である。戸を開けないと火を放つと言われ、あわてて潜《くぐ》り戸を開けました。そしたら、炎のような覆面の男が入って来ました」

「賊は何人だった？」

「私たちに姿を見せない仲間がいたのかもわかりませんが、見たのは七人でした」

「侍はいたか」

「はい。ふたり、刀を差した男がおりました」

「侍は咳《せ》き込んだりしていなかったか」

「咳《せき》ですか。いえ」

一味に侍が二、三人いる。そのうちのひとりが労咳《ろうがい》にかかっている可能性がある。

その侍を直参だと睨《にら》み、不良御家人の進藤勝之助に目をつけたのだ。そして、三浦屋助五郎という男と会っているのを突き止めた。その助五郎を、文七はきのうも見張っていたのだ。

だが、昨夜、助五郎は家を出なかった。

「明け方まで、私たちはどうすることも出来ませんでした。なにしろ、『伏見屋』さんであんなことがあったばかりですから」

上州屋は肩を落として言った。

隣の須田町の酒問屋の『伏見屋』に『朱雀太郎』一味が押し入り、主人をはじめ、用心棒の浪人を斬り殺すという惨劇があったばかりだ。そのことがあるので、上州屋は何も抵抗出来なかったのだ。

ふと、馬の蹄《ひづめ》の音と嘶《いなな》きが聞こえた。それから、外が騒々しくなった。

「火盗改めがやって来ました」

京之進が剣一郎に耳打ちした。

やがて、火盗改め与力の山脇竜太郎がやって来た。強張《こわば》った表情だ。

「家人から話を聞かせてもらう」

半ば強引に、割って入って来た。

「どうぞ」

剣一郎は頭を整理する必要があり、その場を離れた。

「なぜ、須田町の隣の町でも押込みをしたのか」

剣一郎は疑問を口にした。

「なんとも大胆です。それより、青柳さま。例の御家人と会っていた助五郎はゆうべはどうだったのでしょうか」

京之進がきいた。

「不審な動きがあれば、文七が真っ先に知らせて来るはず。が、現れなかった。おそらく、あやしい点はなかったのだろう」

剣一郎は見込み違いを恥じるように言った。かつて、剣一郎は自分の狙いが狂ったことはなかった。今回も手応えは十分だと、内心では思っていたのだ。

「違いましたか。しかし、あの御家人のほうはどうでしょうか」

京之進が気を取り直してきいた。

「進藤勝之助のほうはわからぬが……」

いや、『佐原屋』と札差の『後藤屋』とのつながりから見えて来た労咳の武士が進藤勝之助だ。進藤勝之助のほうこそ動いたかもしれない。

「青柳どの」

山脇竜太郎が近寄って来た。

「ちと、よろしいか」

竜太郎は外に出た。そして、裏の空き地に向かった。竜太郎の背中がいくぶん丸まっている。何か考え事をしているのだ。

立ちどまって、竜太郎が振り返った。

「また、『朱雀太郎』にしてやられた。これで、第二の火盗改めが出来ることが確実になった」

眉根《まゆね》を寄せ、竜太郎はいまいましそうに言った。

「横瀬藤之進どのだそうですね」

「やはり、耳に入っていたか」

ていることになる……。


「ええ」

「横瀬どのの火盗改めの拝命は当分加役であり、用が済めば役を解かれる。だが、横瀬どのは本役を狙っているのだ。お頭の坂上伊織《さかがみいおり》さまから火盗改めの職を奪おうとしている」

山脇竜太郎は憤慨《ふんがい》して言う。

「横瀬どのは、『朱雀太郎』のみの探索のために第二の火盗改めを仰せつかるのだ。つまり、我らは『朱雀太郎』の件から引き下がらねばならなくなる」

山脇竜太郎はかなり焦っているようだった。

「青柳どの。お願いでござる。我らに力を貸してはいただけますまいか」

傲岸《ごうがん》な山脇竜太郎が哀願した。

「山脇どの。我らはあなたにとっては敵ではないのですか。敵に頭を下げるのですか」

剣一郎は半ば皮肉を込めて言った。

こういうときにだけ、力を貸せというのはいかにも勝手ではないかと、剣一郎は思った。だが、竜太郎はそのようなことを意に介さず、続けた。

「これまで、我らは奉行所の前にさんざん苦汁を嘗《な》めてきた。しかし、同じ火盗改めに負けるわけにはいかないのだ」

竜太郎は腰を折った。

「山脇どの。頭をお上げください」

剣一郎は見かねて言う。

「山脇どののお気持ちもわかりますが、我が奉行所のほうもお奉行の面子《めんつ》がかかっております。本役であろうが、当分加役の火盗改めであろうが、私たちからすれば、同じ火盗改めに変わりはありませぬ。山脇どののところに遅れをとろうが、横瀬どののところに手柄をたてられようが、奉行所の信用が失墜《しっつい》するのは同じなのです。それをご承知の上で、申されておるのですか」

「そうだ。ひとりの人間として、青痣与力そのひとに助けを求めているのだ」

剣一郎は奉行所の面子を口にしたが、本心では威信や手柄がどうのということ以上に一刻も早く凶賊を捕らえることこそが大事だと思っている。

「わかりました。我らが知り得たことをお教えいたしましょう」

剣一郎は手を差し伸べるように言った。

「まことか」

生気を取り戻したように、竜太郎は目を輝かせた。

「いま、我らは困った事態に直面しています」

と、剣一郎は切り出した。

「労咳の侍を浪人ではなく、不良旗本か御家人であろうと見当をつけて捜しました。それで、見つけたのが南割下水に住んでいる小普請組の進藤勝之助という武士です。この者は、亀戸天満宮の近くにある料理屋で、三浦屋助五郎という男と会いました。助五郎に疑いの目を向けたのですが、きのうは助五郎は不審な行動をとっていないと思われます。つまり、助五郎は今度の事件とは関わりはないことがはっきりしています。したがって、進藤勝之助もまったく関係ないかもしれない」

「のう、進藤勝之助という御家人のほうはどうなのだ。見張っていたのか」

「いや。こっちは余裕がないので見張ってはいません」

「よし。その御家人を調べてみる。我らなら、御家人でも遠慮なく調べられる」

山脇竜太郎は生気を取り戻して言う。

「あくまでも、確かな証拠があるわけではありません。不用意な真似はしないように」

「十分に承知している。かたじけない」

そう言い、山脇竜太郎はさっさと引き上げて行った。

確かに、進藤勝之助が屋敷を脱け出したかはわからない。だが、助五郎が家を出なかったのなら、進藤勝之助も屋敷にいたように思えるが……。

剣一郎はそれから妻恋町に向かった。

昌平橋《しょうへいばし》を渡り、明神下《みょうじんした》を通って妻恋坂のほうに曲がる。坂の途中を右に折れた。

『三浦屋』の看板が見えて来た。そのまま素通りすると、どこからともなく文七が出て来てついて来る。剣一郎は途中で立ち止まった。

「ゆうべ、助五郎は出かけたか」

「はい。でも、行ったのは池之端仲町の『佐渡屋《さどや》』という料理屋です」

「料理屋？」

「はい。一刻（二時間）以上、『佐渡屋』で過ごし、そのまま家に帰りました。私は子《ね》の刻（午前零時）まで見張っていましたが、助五郎は家から一歩も出ていません」

「そうか。やはり、押込みに助五郎は関係ないか」

「はい。少なくとも、きのうの押込みに関わっていません」

「きのうの押込みか」

剣一郎は文七の言葉にこだわった。

きのうの押込みには関わっていないが、他の押込みには関わりがある。そのようなことがあるだろうか。

「このあと、どういたしましょうか」

「念のためにもうしばらく、見張っていてもらいたい」

確信があるわけではないが、まだ引っ掛かりを覚えていた。

昼過ぎに、剣一郎は奉行所に戻った。

与力部屋に行くと、剣之助が待っていた。昂奮した口調で、

「さきほど、宇野さまより、父上の手伝いをするようにとの特命を仰《おお》せつかりました」

と、申し出た。

「そうか」

「何かやることはございますか」

「いよいよ、横瀬藤之進どのが新たな火盗改めを仰せつかることになるだろう。横瀬藤太郎どのが向島界隈を歩き回っていた目的が気になる。あっちに、『朱雀太郎』に関わる何があるのか、調べてもらいたい」

「畏まりました」

剣之助と別れてから、剣一郎は宇野清左衛門のもとに行った。

清左衛門は机の前で振り返り、

「また、襲われたそうだの」

と、苦渋に満ちた顔で言った。

「はい。無念に思います。ただ、犠牲者が出なかったことだけが救いです」

「手掛かりは何もないのか」

「摑んだつもりでいたのですが、きのうの事件でわからなくなりました」

そう言い、御家人の進藤勝之助と三浦屋助五郎のことを話した。

清左衛門は難しい顔で聞いていたが、最後まで表情が動くことはなかった。『朱雀太郎』と関係ないと考えたようだ。

そこに長谷川四郎兵衛がやって来た。

「正式に、横瀬藤之進どのが第二の火盗改めのお役に就《つ》いたそうだ」

お奉行が城から戻ったのだろう。

「宇野どのから聞いたと思うが、剣之助には青柳どのの手足となってもらう。よろしいか、名誉にかけても、『朱雀太郎』一味を奉行所の手で。頼みましたぞ」

四郎兵衛はあわただしく部屋を出て行った。お奉行のもとに戻ったのだろう。

「それでは、私はこれで」

剣一郎も腰を浮かした。

「青柳どの。頼んだ」

清左衛門もすべてを剣一郎に託した。

何度考え直しても、やはり、進藤勝之助と三浦屋助五郎への疑いは薄まらなかった。きのう、助五郎が押込みに加わらなかったのは何らかの理由があってのことではないか。

他に手掛かりがないこともあり、剣一郎は助五郎のことを徹底的に調べてみようと思った。

二

その日の夕方、七兵衛は『上州屋』の前から離れた。『朱雀太郎』と名乗る賊がまたも押し入った。朱雀の哲ではない。哲太郎はもう生きてはいまい。

青龍の昌も玄武の常も白虎の十蔵もみな姿を晦ましている。霧の鮒吉の息子の仕業としか思えない。

ただ、なぜ、朱雀を名乗っているのか。

七兵衛は『上州屋』の前を離れ、須田町を抜けて八辻ヶ原に出た。それから、柳原通りに入った。そのとき、七兵衛は気を張り詰めた。

誰かにつけられている。霧の鮒吉の一味か。七兵衛は途中で振り返ったが、何人もの人間が通りを歩いている。誰がつけて来るのかわからない。

つけられているのはきょうだけではない。きのうもそんな感じがした。気のせいかと思ったが、やはり誰かがつけて来る。

七兵衛は身の危険を感じた。佐久間町の住まいも知られているかもしれない。庄蔵にも、注意を呼びかけたほうがいいかもしれない。

七兵衛は新《あたら》シ橋を渡った。まだ、陽は落ちていない。明るさが残っているうちに、襲いかかって来ることはあるまいと思っても用心は怠らなかった。

急ぎ足で橋を渡る。やがて、武家地に入った。振り返る。つけて来るようなひと影はなかった。それでも、注意深く、三味線堀《しゃみせんぼり》の角を曲がり、元鳥越町《もととりごえちょう》のほうに向かった。

町に入ると、路地をいくつも曲がり、蔵前通りに出た。

浅草御門のほうに向かう途中、町角を大川のほうに曲がる。そして、柳橋《やなぎばし》を目指した。

十分に追手を撒いたはずだ。それでも、何度も後ろを振り返り、怪しい人間がいないことを確かめ、柳橋を渡るといっきに両国広小路を横断した。

浜町堀に辿《たど》りつくまで何度も道を折れ、ようやくのことで日本橋久松町にある『十字屋』の前にやって来た。

冬の日は短く、もう辺りは薄暗くなっていた。ここでも用心深く、辺りを見回してから、まだ戸の開いている店先に立った。

「ご主人はいるかえ。七兵衛ってもんだが」

店番の男にきいた。

「いま、出かけております」

「出かけているのか。何時ごろ戻るかわからないかえ」

「ちょっとお待ちください」

男は奥に引っ込んだ。

内儀のおうらが出て来た。

「あっ、おかみさん。先日はどうも」

七兵衛は挨拶したが、内儀の顔に不審の色が広がっているのを不思議に思った。

「庄蔵さんはお出かけだそうですが……」

「うちのひとといっしょじゃないんですか」

「えっ。どういうことですかえ」

たちまち、七兵衛の胸に不安が広まった。

「夕方に七兵衛さんの使いのひとが来て出かけて行ったんです」

「なんですって」

七兵衛は息が詰まりそうになった。

「使いっていうのはどんな男でしたかえ」

「二十半ばぐらいの目つきの鋭い男でした」

鮒吉の伜《せがれ》かもしれない、と七兵衛は愕然《がくぜん》とした。

「どっちのほうに行ったか、わかりませんかえ」

「いえ、ただ、使いのひととといっしょに浜町河岸のほうに行きました」

「わかりました。失礼します」

七兵衛は心の臓の鼓動が激しく、息が出来なくなった。少し休んで、また駆け出した。

庄蔵は誘《おび》き出されたのだ。

七兵衛の名を騙《かた》ったところをみると、敵は七兵衛が庄蔵と会っていることを知っているのだ。

もっと前から、つけられていたのだと、七兵衛は地団駄《じだんだ》を踏んだ。それにしても、いったい敵はどうして自分が江戸にやって来たことを知ったのだ。そのことが解せないと思いながら、七兵衛はすっかり暗くなった浜町河岸を大川のほうに見当をつけて向かった。

両岸には武家屋敷が続いて、辻番所が幾つかある。最初に出て来た辻番所に寄った。

「おそれいりやす。ここを四十ぐらいの商人ふうの男と遊び人ふうの若い男が通りませんでしたかえ」

年寄りの番人に訊ねた。

「通った」

「通りましたかえ」

「もう半刻（一時間）ぐらい前だ」

「どっちのほうに行ったんでしょうか」

「大川のほうだ」

「へえ、すいませんでした」

七兵衛は礼を言って辻番所から離れ、再び駆け出した。この道は、先日、庄蔵と並んで歩いたところだった。

大川に突き当たったところにも辻番所があった。

七兵衛はここではさっきと同じようにふたりを見かけなかったかをきいた。やはり、番人はふたりを見ていた。

「どっちのほうに行ったか、わかりませんか」

七兵衛はきいた。

「新大橋のほうに向かった」

「ありがとうございました」

七兵衛は大川沿いを新大橋の袂《たもと》を目指した。左手は武家地で、武家屋敷の塀が続いている。

陽が落ちて、肌寒くなったが、七兵衛は寒さの感覚が麻痺《まひ》していた。

新大橋の近くにも辻番所があった。七兵衛はためらわずそこに足を向けた。

大柄な番人が立っていた。

「ちょっとお訊ねします」

と、今までとおなじようにきいた。

だが、返事は今までの二件と異なった。

「いや、見てないな」

「暗くなって、気づかなかったということはありませんか」

「いや。暗くたって、ひとの姿はわかる。そのようなふたり連れは通らなかったはずだ」

しかし、ふたりはこっちに向かったのだと言おうとしたが、番人が嘘をついているとは思えず、口をつぐんだ。

途中、左に曲がる道があったことを思い出した。

七兵衛は引き返した。そして、大名の上屋敷の手前の道に入った。少し先に、辻番所の提灯が輝いていた。

七兵衛はそこに急いだ。

「すいやせん。ここを四十ぐらいの商人ふうの男と遊び人ふうの若い男が通りませんでしたかえ」

と、辻番所ごとにしてきた問いかけをした。

「いや。そんな人間は通らぬ」

四十ぐらいの番人は自信を持って答えた。

七兵衛は愕然とするしかなかった。ふたりが武家屋敷に入ったとは考えられない。大川まで戻った。波打ち際に立ち、暗い川を見つめる。少し離れた場所に朽《く》ちかけた栈橋《さんばし》があった。

船だ。庄蔵は船で連れて行かれたのだ。七兵衛は恐怖を忘れ、茫然としていた。

三

翌日、剣之助は三囲神社の前を過ぎた。

田圃《たんぼ》の水が冬の陽を受けてきらめいている。きのうもこの界隈を歩いた。横瀬藤太郎がこの付近に何を求めに来たのか探るためだったが、ただ歩き回っただけでは何もわからなかった。

剣之助が着目したのは藤太郎がこっちにやって来た時期だ。父親の横瀬藤之進がまだ、第二の火盗改めを仰せつかる前だ。それなのに、藤太郎は何を調べていたのか。

労咳の侍の件ではないかと、剣之助は考えた。

おそらく、横瀬藤之進は若年寄から第二の火盗改め就任の打診を受けていたのではないか。その際、いまの火盗改めは労咳にかかった侍の探索をしているが手こずっているという話が出た。

それで、藤之進は藤太郎にひそかにその件を調べさせたのではないか。その結果が、この界隈の探索だとすると、当然労咳に絡んだ件でやって来たことになる。

労咳には空気のよい静かな場所で安静にするのがよい。労咳の侍は押込みのとき以外は、常にこちらのほうで養生している。そう睨んでの探索かとも思ったが、剣之助は疑問を持った。

こっちのほうで養生しなければならない状態だとしたら、かなり病気は進行している。そんな身で押込みが出来るだろうか。

まだ、そこまで病気は進んでいない。だとしたら、やはり薬だ。

剣之助は隅田《すみだ》村の村役人である庄屋の屋敷を訪ねた。

庄屋の六兵衛《ろくべえ》は村人の相談を受けていて、剣之助はしばらく待たされた。庭からかなたに筑波の山々が見渡せた。

四半刻（三十分）ほど経って、村人がふたり引き上げて行った。

「どうぞ」

奉公人が呼びに来た。

剣之助は土間に入り、すぐ左手にある部屋に通された。村人の訴えを聞く部屋である。

「突然、お邪魔して申し訳ございません。私は南町奉行所の青柳剣之助と申します」

剣之助が名乗ると、

「もしや、青柳剣一郎さまの？」

「はい。伜です」

「そうですか。青柳さまの」

六兵衛は目を細めた。

このような郊外にも知られていることで、剣之助は改めて父の偉大さに気づかされた。

「じつは、お訊ねしたいことがあって参りました。この付近で、高麗人参《こうらいにんじん》を栽培している農家はありましょうか」

「そのことが何か罪に？」

六兵衛は不審そうな顔になった。

「いえ、そうではありません。栽培するのは御法度《ごはっと》ではありません。ただ、それが出回っているのか、客に売っているのか、そのことが知りたいのです」

「そうですか。高麗人参を栽培している農家が一軒だけあります。もちろん、それ専門ではありませんが」

「なんというひとですか」

「久作《きゆうさく》という男です」

「栽培は難しいと聞いたことがありますが、成功しているのでしょうか」

「いえ、まだ成功したとは聞いておりません。ただ、高麗人参らしきものが出来た程度ではないでしょうか」

「そうですか。でも、なぜ、久作さんは高麗人参の栽培をはじめたのでしょうか」

剣之助は疑問を口にした。

「久作さんはもともと会津《あいづ》の出なんです。その会津のほうでは高麗人参を栽培しているようです。久作さんは自分の親が病気になったとき、あまりに値段が高かったため高麗人参を買ってやることが出来なかった。そのことを悔《く》やんでいて、自分で作れるものなら作って、病気のひとに安くわけてやろうとした。それがきっかけだと、聞きました」

「わかりました。久作さんの家はどちらでしょうか」

「木母寺《もくぼじ》の先です。綾瀬川《あやせがわ》沿いに菜園があります。大きな欅《けやき》が立っていますから、すぐわかるでしょう」

剣之助は礼を言って庄屋の家を辞去した。

綾瀬川に向かう。左手に隅田川神社や木母寺がある水神の杜《もり》が見える。さらに行くと、欅の木が見えた。そばに茅葺《かやぶ》きの農家がある。久作の家に違いない。

そのとき、馬の嘶《いなな》きが聞こえた。久作の家から馬が走って来た。三頭だ。武士が乗っている。

剣之助は道端によけ、馬をやり過ごした。先頭に騎乗している若い武士が剣之助に何か声をかけた。

声は聞き取れなかった。だが、騎馬の武士の顔がはっきり見てとれた。横瀬藤太郎だった。他の騎馬の武士の顔も見覚えがあった。先日、藤太郎といっしょだった侍だ。

ずいぶん、急いでいた。何があったのか。

剣之助は久作の家に急いだ。

戸口に立ち、暗い土間に向かって案内を乞うた。奥から、色の浅黒い年寄りが出て来た。

「まだ、何か」

目に敵意が剝き出しになっていた。

「私は、今のひとたちとは関係ありません。南町奉行所の青柳剣之助と申します。あなたが久作さんですか」

「そうだ」

年寄りは目をしょぼつかせて答えた。

「今、馬で引き上げて行ったのは？」

「火盗改めだ」

「火盗改めが何しに来たんですか。ひょっとして、高麗人参のことで？」

久作は頷いた。

「何日か前にやって来て、労咳にかかった武士に高麗人参を売った覚えがあろう。武士の名を教えろと言ってきたんです。だから、そんなことは知らんと追い返した。そしたら、きょうは我らは火盗改めを拝命したと言い出し、火盗改めとして訊ねると言って、同じことをきいてきた。もし、言わなければ、仲間と見なし、役宅にしょっぴいて拷問にかけると威しやがった」

忌《い》ま忌ましげに久作は続けた。

「奴ら、俺たちのことを人間だと思っていないようだ」

「それは、おそらく役務のことで焦《あせ》っていたからでしょう」

そうなぐさめてから、

「で、武士の名を教えたのですか」

と、剣之助はきいた。

「教えなければ何をされるかわからないからな」

久作は唇を歪めた。

「その武士はいつごろからここにやって来たのですか」

「一年前だ。高麗人参を安く譲《ゆず》って欲しいと。だが、うまく育たず、途中で枯れてしまったものばかりだった。それでもいいから譲ってくれと言うので、中途半端な奴を譲ってやった」

「どうして、ここで高麗人参を栽培しているとわかったのでしょうか」

「薬種問屋の『佐原屋』の主人から聞いたと言ってたな」

「薬種問屋の『佐原屋』？」

『朱雀太郎』に襲われた商家だ。

「『佐原屋』の主人は、あなたが高麗人参を作っていることを知っていたのですね」

「そうだ。もし、栽培に成功したら、『佐原屋』から売り出したいと言って来た」

「あなたが、高麗人参を栽培していることはあまねく知られているのですか」

「薬種問屋の主人は知っていると思う」

横瀬藤太郎もどこかの薬種問屋から聞いていたのだろう。労咳の侍は薬種問屋から高麗人参を求めているのではないかと考えて、久作に辿り着いたのに違いない。

「そうか。ありがとうございます。だいぶ、参考になりました」

「あんたは、高麗人参を買い求めた武士の名をきかなくていいのか」

「これ以上、あなたの口を割らせるわけにはいきませんから」

剣之助は一礼し、来た道を戻った。

「小普請組の進藤勝之助さまだ」

剣之助の背中に、久作が声をかけた。

やはり、そうだったかと、剣之助は振り向いて一礼した。


隅田村から剣之助は本所南割下水にやって来た。

横瀬藤太郎が馬を走らせて引き上げたことが気になる。もしかしたら、藤太郎は強引に進藤勝之助を捕まえるのではないかと思った。

『朱雀太郎』一味をひとり残らず捕縛するためには、しばし進藤勝之助を泳がせておかねばならない。

しかし、火盗改めは相手が旗本や御家人だろうがいっさい容赦なく捕まえることが出来るのだ。なまじ、そういう権限があるから、進藤勝之助を強引に捕まえ、あとは拷問にかける。そんな手に打って出るのではないか。

そんなことをしたら、一味は警戒し、すぐさま姿を晦ましてしまうかもしれない。南割下水の武家地を抜けたが、捕物騒ぎはまだなかった。勝之助の屋敷の場所はわからないが、剣之助はほっとした。

両国橋を渡り、剣之助は八丁堀に急いだ。

屋敷に帰って、剣之助は父の帰りを待って、隅田村でのことを告げた。

「高麗人参を栽培している農家があったとは意外であった。そうか、進藤勝之助はそこで高麗人参を求めていたのか」

「はい。隅田村のことは、薬種問屋の『佐原屋』の主人から聞いたそうです」

剣之助は隅田村の久作から聞いたことをつぶさに話した。

「進藤勝之助も哀れだ」

父が複雑そうな顔をしたのは進藤勝之助の気持ちを想像したのだろうか。

「進藤勝之助は不治の病に罹《かか》ったことを知り、なんとか助かりたいという思いから高麗人参を求めたのだろう。だが、高麗人参は非常に高価なものだ。おいそれと手が出せるものではない。そんなとき、偶然に会った札差『後藤屋』の連れの薬種問屋の『佐原屋』の主人から隅田村の農家のことを聞き、藁《わら》にでも縋《すが》るつもりで隅田村に行った。そして、しばらく安く手に入れていたが、隅田村の高麗人参にも数に限りがある。いずれ、他の薬種問屋から高麗人参を買い求めなければならなくなる。その金を稼ぐために、『朱雀太郎』の仲間になった。そういう進藤勝之助の心の移り変わりが想像出来るようだ。しかし、そのために押込みをし、ひとの命を奪っていいことにはならぬ」

父は厳しい顔になった。

「父上、横瀬さまは、火盗改めの権限で進藤勝之助を強引に捕まえようとしないでしょうか」

「いや、やりかねない。他に手掛かりがない今、そこに活路を見いだそうとする可能性は十分にある」

「ぜひ、止めなければ。進藤勝之助が拷問で口を割るとは思えません」

剣之助は膝を進めて言った。

「剣之助」

剣一郎は言葉を改めた。

「横瀬藤之進どのは出世欲が強く、また自尊心の強いお方。家格の下の者から意見されることを最も嫌うところがある」

「…………」

「私の忠告などきくはずない。かえって、忠告の逆をするだろう」

「では、このまま手をこまねいているのですか」

「本役の火盗改め与力の山脇竜太郎どのに相談してみよう。進藤勝之助への不用意な取調べは他の一味を取り逃がすことになりかねない」

剣一郎がそう言ったとき、多恵がやって来た。

「火盗改めの山脇竜太郎さまのお使いが参っております」

「山脇どのの使いとな」

今噂していた山脇竜太郎からの使いに、剣之助の胸が騒いだ。

剣一郎といっしょに玄関に急いだ。

中間ふうの男が控えていた。

「青柳さま。山脇竜太郎からの言づけにございます。今夕方、横瀬藤之進どのの配下の者が進藤勝之助を捕らえ、役宅に引致《いんち》しました」

「なんと」

剣一郎も絶句した。

「では、失礼いたします」

使いの者は引き上げて行った。

「父上」

剣之助は珍しく茫然自失となっている父に声をかけた。

「横瀬どのは功を焦っているとしか思えぬ」

やっと、剣一郎は吐き捨てるように言った。

「剣之助。すぐ京之進と平四郎の屋敷に行ってくれ。今のことを話し、三浦屋助五郎に動きがあるかもしれぬので、見張りを固めるようにと」

「はい」

剣之助は屋敷を飛び出し、京之進と平四郎の屋敷に向かって夜の道を走った。

四

同じ日の朝、七兵衛は本所石原町《いしわらちよう》の旅籠《はたご》を出て、両国橋を渡った。神田佐久間町の長屋は危険だと思い、きのうのうちに石原町に移ったのだ。

きのうの夕方に誘き出された庄蔵は、夜になっても帰って来なかった。七兵衛が引き上げたあとに帰って来たことを期待しながら、七兵衛は浜町堀に向かった。

久松町の庄蔵の家を訪ねた。店は開いていたが、なんとなく活気が感じられなかった。

おうらが疲れた顔で出て来た。おそらく眠れなかったのだろう、目が腫《は》れていた。

「昨夜、とうとう帰りませんでした」

「そうですか。帰ってないんですか」

七兵衛は胸が潰れそうになった。

朱雀の哲や青龍の昌、それに玄武の常も白虎の十蔵もいない。庄蔵も同じ運命を辿《たど》ったに違いないと思った。

「七兵衛さん。いったい、何があったんですか」

「何がって言いますと?」

いきなり、きつい言葉を投げかけられて、七兵衛は戸惑《とまど》った。

「あなたが来てからです。あなたが来てから、うちのひとの様子がおかしくなったんです。どうして、うちのひとの前に現れたんですか」

激しい言葉だった。

七兵衛は返す言葉もなかった。

「おっかあ」

子どもが母親のもとにやって来た。

「おとう、どこへいったの？」

いきなり、おうらは子どもを抱きしめた。

「おかみさん。きっと、庄蔵さんを捜します。もう少し待っててください」

そう声をかけて、七兵衛は逃げるように、庄蔵の家を飛び出した。

浜町河岸を大川に向かう。庄蔵は生きていまい。胸をかきむしりたくなった。おうらさんの言う通りだ。俺がなまじ庄蔵を訪ねたばかりに……。

大川に出た。そして、朽《く》ちかけた桟橋《さんばし》の前に立った。

庄蔵はここから船に乗せられ、どこかへ連れて行かれたのだ。対岸の深川か。それとも、川を遡《さかのぼ》ったか。

もう殺されている。そう思った。間違いない、鮒吉の身内が復讐をしているのだ。

次は俺の番だ。

いずれ、俺にも魔の手が伸びるだろう。敵は俺をつけていた。それなのに、なぜ、俺をすぐ始末しようとしなかったか。

七兵衛はこれからどうするか考えた。仲間はみな殺されてしまった。江戸にいては危険だ。すぐ逃げるか。

おかしらにもことの顚末《てんまつ》を話さなければならない。だが、庄蔵を行方不明のままにして江戸を離れるのに抵抗があった。

七兵衛は大川沿いを新大橋方面に向かった。庄蔵のかみさんと子どもの姿が脳裏を掠《かす》めた。どんよりした空はよけいに気を滅入らせる。

新大橋の袂を過ぎ、さらに大川沿いを両国橋方面に向かった。左手は武家屋敷の塀が続いている。

庄蔵は堅気になったんだ。どうして、堅気になった男を見逃してやらなかったのだと、七兵衛は鮒吉の身内に怒りが込み上げてきた。

冷たいものが落ちて来た。とうとう降り出して来た。風が出ていて、大川の波は高い。

薬研堀を過ぎると、両国橋が近づいて来る。その橋桁《はしげた》の辺りで、船が何艘か固まっていて、ひとが騒いでいる。

なんだろうと思いながら橋に近づいて、あっと声を上げた。土左衛門《どざえもん》が流れついたのだ。船を出して、陸に上げようとしているのだ。

七兵衛は胸騒ぎがして駆けつけた。

川に浮かんでいる水死人を船に引き上げ、岸に向かった。

七兵衛は橋の上から下を覗き込む。船が船着場に着き、水死人を岸に上げた。動悸《どうき》が激しくなり、耳鳴りのように、心の臓の音が耳に伝わって来た。

七兵衛が身を乗り出して見つめる。水死人が岸に横たえられた。七兵衛は顔を見た。髷《まげ》が解け、髪の毛が顔にへばりついている。水中に浸《つ》かっていた顔はよくわからない。

七兵衛はたまらず橋の下におりて行った。橋番屋の番人らが戸板を運んで来た。七兵衛は野次馬をかきわけ、前に出た。

水死人は戸板に乗せられた。そのとき、顔が見えた。あっと、思った。年寄りだ。庄蔵ではなかったことで、急に緊張が緩み、その場にしゃがみそうになった。大きく深呼吸をし、その場から離れた。

両国広小路から柳原通りに差しかかった。そのとき、背後に迫って来る足音に気づいた。七兵衛は立ち止まって振り返った。

手拭いを頭からかぶった着流しの男が近づいて来る。七兵衛は懐に手を突っ込んだ。用心のために匕首《あいくち》を持って来たのだ。

「俺に用かえ」

七兵衛は懐に手を入れたままきく。

「七兵衛兄い。俺だ」

「なに？」

男は手拭いをとった。

「あっ、おめえは十蔵じゃねえか」

目尻のつり上がった細面の顔に、七兵衛は覚えず声を張り上げた。

「無事だったのか。俺はてっきり……」

「ここじゃ、話も出来ねえ。土手に上がろう」

十蔵は柳原の土手に向かった。七兵衛はついて行く。

「十蔵。いってえ、何があったんだ。『朱雀太郎』と名乗っているのは誰なんだ？」

土手に上がり、人気がないのを確かめてから、七兵衛はきいた。

「霧の鮒吉の伜だ」

「なに、やっぱしそうなのか」

「朱雀の哲も青龍の昌も姿がない。殺されて、どこかに埋められているんだ」

「常吉はどうした？　玄武の常は？」

「わからねえ。おそらく……」

「そうか。常まで」

七兵衛は胸が締めつけられた。

「いま、江戸で暴れ回っている『朱雀太郎』というのは鮒吉一味か」

「そうだ。自分たちが夜働きをするのに邪魔だからという理由だけでなく、朱雀のおかしらへの恨みだろう」

「なぜ、朱雀を名乗りやがったんだろう」

「わからねえが、おかしらを誘き出すためだったかもしれねえ。鮒吉の伜は最初に哲太郎を始末した。そのとき、いろいろきき出したんだろう」

「庄蔵も消えた」

「そうらしいな」

「知っていたか」

「ああ。このままじゃ、こっちは全滅だ。いま、朱雀のおかしらはどこにいるんだ？」

「それが、自分の居場所は誰にも明かすなときつく言われているんだ。ただ、今おかしらは、ほとんど寝たきりだ」

「寝たきり？　あの丈夫そうなおかしらがか。信じられねえ」

十蔵は真顔で言った。

「現役時代に無理が祟《たた》ったのか、隠居してからめっきり体が弱くなっちまった」

「そうかえ。おかしらが、そんなに弱っちまったのか」

「ああ、ここ一年で、めっきり老け込んだ。今度の件だって、もし丈夫なら自分で江戸に出て来たはずだ。やむなく、俺に江戸に行くように命じたが、気をもんで待っているに違いない」

「引退しても、かつての手下のことは気になるものなのか。確かに、おかしらは哲太郎と昌五郎は可愛がっていたからな」

一瞬、十蔵の目に炎が見えた。それもすぐ消えた。

「じゃあ、おかしらが江戸に出て来るのは無理だな」

十蔵は落胆した。

「おかしらさえ来てくれれば、こっちもひとを集めて鮒吉の伜に対抗出来るんだが」

「難しい。それに俺たちは足を洗って三年だ。三年ものんびりした暮しをしてきたせいか、昔のような勘も戻らねえ」

七兵衛は自嘲した。

昔なら、鮒吉の倅の動きを読むことも出来るが、いまはまったくわからない。敵がどう出るのか、何を狙っているのか、さっぱり見当もつかない。

「七兵衛兄い。俺はいま、深川の南六間堀町《みなみろっけんぼりちょう》に住んでいる。深川神明宮の近くだ。もとは瀬戸物《せともの》屋だったが、旦那が亡くなって、空き家になっていた家を借りている。まだ、瀬戸物屋の看板がかかったままだからすぐわかる。今夜でも、来てくれねえか。いろいろ、今後のことを相談してえ」

「よし、わかった。夜になったら行く」

「じゃあ」

十蔵は去って行った。

十蔵がまだ生きていたことは、気弱になった心を勇気づけた。

しかし、十蔵とふたりだけで何が出来るというのか。こっちは敵のことを何も知らないのだ。鮒吉の倅の顔だってわからない。

だが、向こうは知っている。おそらく、生き残りの鮒吉の配下の者はこっちの顔を知っているのだ。

七兵衛は新シ橋を渡った。そして、向柳原を通り、そのまま三味線堀の角を曲がった。尾行に注意を払う。

今夜、十蔵と話し合う前に、どこかで落ち着いて、今後のことを考えておきたかった。

浅草阿部川町《あべかわちょう》を過ぎると、東本願寺の大伽藍が見えて来た。七兵衛は菊屋橋《きくやばし》を渡って、東本願寺の山門をくぐった。

庭の植込みのほうに向かう。池があり、植込みの陰に手頃な岩があったので、七兵衛は腰を下ろした。

煙草入れを取り出したが、あいにく火種を持っていなかった。諦《あきら》めて、煙草入れを腰に戻した。

十蔵とふたりで敵に立ち向かっても敵《かな》わないだろう。このままでは殺されるのを待つだけだ。

このまま江戸から逃げるか。しかし、それだと哲太郎や昌五郎らの仇《かたき》を討ってやれないことになる。

おかしらも、尻尾を巻いて逃げて来たことを喜ぶはずはない。どうしたらいいのか。七兵衛は思案に暮れた。

参詣人は池の近くまで来るが、こっちにひとがいるのには気づいていない。

鯉《こい》が跳ねたのか、水音がした。七兵衛はふいに庄蔵を思いだした。せっかく堅気になり、いいかみさんと巡り合えた。かみさんの連れ子も庄蔵になついていた。仕合わせな家族だった。

それなのに……。許せない、と七兵衛は思った。

いったい、あのかみさんと子どもをどうやってなぐさめたらいいんだ。七兵衛はやりきれない思いに襲われた。

せめて、仇を討ってやりたい。そのとき、七兵衛の脳裏を掠めたものがあった。

それは、もう一度、火盗改めに訴えるということだ。奉行所も火盗改めも、『朱雀太郎』と名乗る押込みが、以前に暴れていた霧の鮒吉の残党だとは思いついていないだろう。霧の鮒吉以下、ほとんどの者は火盗改めの急襲にあって斬り殺されているのだ。

しかし、その思いつきに七兵衛は首を横に振った。以前は、霧の鮒吉の隠れ家を密告したのだ。

だが、今回は霧の鮒吉の伜だろうというのは想像だけであり、また一味の隠れ家もわからない。これでは、訴えても何もならない。火盗改めとて、手の出しようもない。

自分ひとりでは思案に余る。やはり、十蔵と智恵を出し合おうと、七兵衛はようやく立ち上がった。

辺りに黄昏《たそがれ》が迫る頃、七兵衛は南六間堀町を目指して両国橋を渡った。西の空はまだ明るいが、本所・深川方面の空は薄暗くなっていた。そろそろ、家々に明かりが灯《とも》るころだ。家路を急ぐ職人体《てい》の男や荷を背負った行商人が急ぎ足で行き交う。

橋を渡り切ろうとしたとき、武士の一団がやって来た。数人の武士と手下らしい尻《しり》端折《ばしょ》りした男たちがぞろぞろ歩いて来る。

その中に、縄を打たれ、連行されて行く武士がいた。二十七、八歳のれっきとした武士だ。

七兵衛があっと思った。武士を強引に引っ張って行けるのは奉行所の役人ではない。火盗改めではないかと思った。

通行人は両脇によけた。七兵衛も橋の欄干《らんかん》のほうに寄った。

先頭の武士は厳めしい顔をしている。火盗改めの与力だろう。縄を打たれた武士はやせて頬のこけた男だった。

目の前を行き過ぎた。とたんに、その武士が咳き込んだ。体を折って苦しそうだった。だが、縄尻をとらえた男は強引に縄を引っ張った。

七兵衛は一行を見送った。

それから、先を急いだ。回向院前で、竪川のほうに折れ、二ノ橋を渡った。その頃はすでに辺りは暗くなり、暮六つ（午後六時）の鐘が鳴りはじめていた。

弥勒寺《みろくじ》前の茶店も後片付けをしていた。北森下町を過ぎ、南六間堀町のほうに曲がり、神明宮を目指した。

神宮寺の横手に、瀬戸物屋の看板がかかっている仕舞屋《しもたや》があった。

七兵衛は戸口に立ち、奥に向かって案内を乞《こ》うた。

二十五、六歳の男が出て来た。険しい顔つきだが、どこかのんびりした感じの男だ。十蔵の子分か。

「七兵衛というもんだが、十蔵さんはいるかえ」

七兵衛は声をかけた。

「へい。お待ちしてました。どうぞ、こちらへ」

話が通っていたのだろう、若い男は七兵衛をすぐ部屋に通した。

奥の内庭に面した部屋だ。

「こちらでお待ちください。すぐに参ります」

若い男は引き下がった。

待つというほどのこともなく、十蔵がやって来た。

「七兵衛兄い。よく来てくれた」

「ああ、若いのはおまえの手下か」

「へえ。いちおう」

十蔵は曖昧《あいまい》に答えた。

「ここにはいつから？」

「半年ほど前ですかねえ」

「代々木のほうで何かあったのか」

白虎の十蔵は西の守りとして、代々木町に住んでいたのだ。

「朱雀の哲や青龍の昌がいなくなったあと、玄武の常のところに行ったんだ。そしたら、常吉も姿を消していた。何か異変が起きていると察して、身の危険を感じたんですよ」

十蔵は深刻そうな顔で言った。

「どうして、鮒吉の伜は、四人の住まいを知ったんだ？」

「それは、哲ですよ。捕まえて、白状させたんでしょう。哲はあらいざらい喋ってしまった。そうじゃなければ、昌や常の居場所がわかるはずありません」

「哲ともあろうものが、みな喋っちまったか」

七兵衛は失望して言った。あるいは、いい仲だったおかるに危害が及ぶかもしれず、泣く泣く喋ったのかもしれない。

七兵衛はやりきれなかった。

戸口が騒がしい。誰かやって来たようだ。

さっきの若い男がやって来て、十蔵に耳打ちした。

「なんだと」

十蔵の顔色が変わった。

「兄い、ちょっと待っててくれ」

十蔵が出て行った。

何か急用を告げに来たのか。さっきの十蔵の表情はふつうではなかった。

十蔵が戻って来た。

「七兵衛兄い、ちょっと急用で出かけなくちゃならなくなった。すまねえが、酒でも呑んで待っていてくれねえか。それから、今夜はここに泊まってくれ」

「わかった。そうさせてもらおう」

七兵衛は十蔵のあわて振りを不思議に思った。

十蔵が出かけて行ったあと、若い男が酒の支度をした。

「すまねえな」

七兵衛は徳利と猪口《ちょこ》を受け取った。

「おめえさんもやらねえか」

「いえ、叱られますから。いま、肴《さかな》を持って来ます」

若い男は部屋を出て行った。

七兵衛は酒を呑みながら、十蔵には子分は何人いるのか。さっき駆け込んで来たのは誰なのか。若い男が来たらきいてみようと思った。

五

翌朝、朝餉《あさげ》を終えると、剣一郎は部屋に戻り、またもきのうのことを考えた。

きのうはあれから京之進たちが調べたところによると、横瀬藤之進は、進藤勝之助をやみくもに捕まえたわけではないということがわかった。

まず、進藤家の若党から勝之助の様子をきき出したという。『朱雀太郎』が押し入った夜は勝之助が外出して夜遅くに帰って来たこと。金回りがよいこと。遊び人ふうの男がちょくちょく使いで屋敷に来ていることなどから、勝之助を『朱雀太郎』の一味であると見なしたという。決定的だったのは、薬種問屋の『佐原屋』が襲われ、主人が殺された事件の夜、夜中に帰って来た勝之助の着物に返り血が付いていたという。この若党は、勝之助が何か悪いことに手を染めていると、薄々感づいていたという。

庭先にひとの気配がした。障子を開けて廊下に出ると、庭先に文七が待っていた。

剣一郎は濡縁に出て行った。

「ごくろう」

剣一郎はいたわる。

「はっ」

文七は恐縮したように頭を下げてから、

「三浦屋助五郎がゆうべ、柳橋にある『平野家《ひらのや》』という船宿に行きました」

と、報告した。

「誰かといっしょか」

「わかりません。四つ（午後十時）近くまでいて、家に戻りました」

「よし、わかった。誰といっしょだったか調べてみよう。引き続き、助五郎を探ってほしい」

「畏《かしこ》まりました」

文七は去って行った。

剣一郎は庭下駄を履いて庭に下りた。だいぶ落葉がある。だんだん朝晩は寒くなってきた。

助五郎は大きな動きを見せておらず、紙の仲買人と称しているが、そのような商売をしている様子はないという。

助五郎は進藤勝之助が火盗改めに捕まったことを知っているのだろうか。知っていて、船宿に行ったのか。

ひょっとして、船宿には誰かと会うためだったのでは……。

ふと、離れの剣之助の住まいに目をやると、るいの姿が目に入った。また、志乃のところに遊びに行ったのか。

ふたりはほんとうに姉妹のようだ。剣之助も、ふたりの仲のよさに呆《あき》れていた。ふたりがいると、ほんとうに青柳家は華やかだ。

「父上、こちらでしたか」

剣之助が近づいて来た。

「あのふたり、じつに仲がよい」

剣一郎は微笑んで言う。

「ええ。こっちが妬《ねた》ましくなるほどです」

「そうだのう」

「でも、ふたりがああして仲よく過ごせるのも、あとどのくらいあるか」

剣一郎はどきりとしたあと、剣之助に気づかれぬようにため息をもらした。

いずれ、るいは嫁に行くのだ。縁談がどんどん舞い込んでいるらしい。剣一郎はあえて耳を塞《ふさ》いでいるが、多恵のもとにはたくさん来ているようだ。

「父上。どうかなさいましたか」

剣之助の声で、剣一郎は我に返り、

「いや。いま、進藤勝之助のことを考えていた」

と、ごまかした。

「はい。そのことでございますが、藤太郎どのに会って話をしてみようかと考えています。進藤勝之助の身が心配ですので」

「そうだの。私も火盗改めの山脇どのと相談してみる」

「はい」

そのとき、

「おはようございます」

と、庭から髪結いが入って来た。

ふたりは話を中断し、濡縁に戻った。


それから一刻後、剣一郎は米沢町にあるそば屋の二階小部屋で、火盗改め与力の山脇竜太郎と会っていた。

「横瀬さまは、夜通し、進藤勝之助に拷問を加えているとのこと。無念だ。こうなるなら、我らが先に進藤をとらえておくべきだった」

竜太郎は唇を噛んだ。

「いや。いま、進藤を強引に捕まえる時期ではなかったのです。もっと、仲間のことを探り出してから、捕まえるべきでした」

「横瀬さまは、そこまで気がまわらなかったのか。そんなに、我らより先んずることが大事だったのか」

「山脇どの。私が心配しているのは進藤勝之助の体です。労咳を患っている身に、火盗改めの拷問がどれほど厳しいものか。いかがですか。あなたなら、どの程度の拷問にしましたか」

「火盗改めは許されている以上の激しい拷問を行なう。石抱き、海老責《えびぜめ》、釣り責《つ ぜめ》さえも、生やさしいぐらいだ」

「進藤の身が持ちますか。いや、その前に、進藤は舌を噛み切るかもしれない」

剣一郎が言うと、山脇ははっとしたような表情になった。

「山脇どののほうから、進藤勝之助の身に心を配るように訴えることは出来ませんか」

「わかった。お頭の坂上さまに横瀬さまに忠告をするように進言してみよう。だが、横瀬さまが聞き入れるかどうか」

「だめでも、ともかく話してください」

「よし」

竜太郎は腰を浮かせた。

「ところで、進藤勝之助以外のことで、何か手掛かりは摑めたのか」

ふと、思いついたように竜太郎がきいた。

「我らはいま、進藤勝之助が料理屋で会っていた三浦屋助五郎という男のことを調べております」

「確か、『上州屋』が『朱雀太郎』に襲われたとき、助五郎は池之端仲町の料理屋に行っていたということだったが?」

「そうです。ただ、念のために調べてみると、謎が多いのです。まず、今の商売もそれほどうまくいっているようには思えないのですが、金回りはいい。また、前身がよくわからないのです」

「しかし、『朱雀太郎』の仲間でないことは明白なのではないか」

「そうですが」

「ともかく、私は坂上さまに会って来る」

そう言い、竜太郎は部屋を出て行った。

しかし、横瀬藤之進が忠告を聞き入れるとは思えない。かえって反撥《はんぱつ》をするだろう。

剣一郎もそば屋を出てから柳橋の『平野家』に向かった。柳橋まで指呼《しこ》の間《ま》である。きのう助五郎は『平野家』に行ったという。進藤勝之助の件を知っていたのか、知らなかったのか。

柳橋の近くにある黒板塀の『平野家』に着いた。まだ、戸は閉まっている。剣一郎はもやってある船を掃除していた男に声をかけた。

「すまぬが、女将を呼んでもらえぬか」

「へい、どちらさまで」

男は船から陸に上がった。『平野家』の法被《はっぴ》を着ている。船頭であろう。

「八丁堀の青柳剣一郎と申す」

剣一郎は編笠をとった。

「へい、青柳さまで」

船頭はあわてて会釈をし、潜り戸を開けて中に入って行った。

すぐ船頭といっしょに女将らしい風格の女が出て来た。

「これは青柳さまでいらっしゃいますか」

女将は如才《じょさい》なく言う。

「ちと訊ねたいことがあって参った」

「はい。どのようなことでございましょうか」

「ゆうべ、三浦屋助五郎と申す者がこちらに来たはずだが」

「は、はい」

戸惑い顔になったのは、客のことをべらべら喋りたくないからであろう。

「助五郎が会っていた相手を知りたい」

「…………」

「心配いたすな。女将から聞いたとは決して言わぬ」

「いえ、青柳さまにならお構いません。お話しいたします。相手は、本所横網町《よこあみちょう》の市《いち》助《すけ》さんというお方です」

「どんな男だ？」

「はい。三十前後。腰の低いお方です。同業の者だと言ってました」

「紙の仲買人ということか」

「はい」

「よく、ふたりは来るのか」

「はい」

「ふたり以外には？」

「いえ、いつもふたりだけです」

「ふたりがどんな話をしているかわからないか」

「私たちがいる前では、いつもとりとめのない話ばかりですが、ときたま、私たちを下がらせてふたりきりで話しています」

「どんな話をしているかわからないのだろうな」

「ええ。ただ、一度、ふたりだけで話しているときに間違って部屋に入ってしまった女中の話だと、ふたりともいつもと違う恐ろしい顔つきだったと言ってました」

「そうか」

「きのうはふたりきりで話し込んでいることが多かったようです。そういえば、いつもと違って、ふたりとも落ち着きがないようでした」

「落ち着きがない？」

進藤勝之助の件と関わりがあるのではないかと思った。

「青柳さま。あのおふたりに何か」

「いや。特にどうのということではない。気にしないでいい。今度来たときも、ふつうに接するのだ。よいな。女中たちには、私が訪ねたことは言わないほうがいい」

「わかりました」

「邪魔をした」

剣一郎は再び編笠をかぶって、神田川沿いを遡った。

助五郎は紙の仲買人と称しているが、その実体はない。おそらく、市助という相手の男も素性を隠しているのに違いない。横網町に住んでいるというのも嘘であろう。

剣一郎は左衛門《さえもん》河岸を通り、新シ橋の北詰からさらに川に沿って西に向かった。

昌平橋の袂に差しかかり、橋と反対方向に行けば明神下だ。武家地を左に行くと、妻恋坂である。

坂を上がり、剣一郎は助五郎が居候《いそうろう》をしている雑貨屋の前を素通りする。すると、いつものように、どこからともなく文七が背後に現れ、ついてきた。

剣一郎はそのまま、湯島天神の鳥居をくぐった。そして、拝殿の横の広場で立ち止まった。文七が近づいて来た。

「どうだ、助五郎の様子は?」

「いえ、特に動きはありません」

「妙だな」

剣一郎は小首を傾げてから、

「船宿で確かめた。相手は、横網町に住む市助という男だ。助五郎と同い年ぐらいだ。だが、横網町にほんとうに住んでいるかどうかはわからない。ふたりはときたまやって来ているそうだ」

女将や女中を下がらせてふたりきりで話し込んでいることも多い。そのときの顔つきは恐ろしい形相だったという話に、

「臭いますね」

と、文七は昂奮したように言った。

「うむ。それに、きのうはふたりとも落ち着きをなくしていたようだと言った。進藤勝之助が捕まって、あわててふたりで会ったのではないか。しかし、きょうの助五郎に目立った動きがないのが気になる」

剣一郎は疑問を口にした。

「進藤勝之助が自白すれば、助五郎の身も危ういはず。なぜ、高飛びしようしないのか」

「はい。私もそのことを不思議に思っていました」

「進藤勝之助が捕まって動揺しているのは間違いない。なのに、逃亡を考えていないのは、進藤勝之助が自白しないと考えているからだろうか」

剣一郎はさらに続けた。

「いずれにしろ、連絡係が必要だ。きのうも、進藤勝之助の件で誰かが助五郎に知らせに来たはずだ」

「あっ。そうです」

文七は思い出したように言う。

「きのう、若い男が雑貨屋に入って行きました。客の振りをしていましたが、あの男が進藤勝之助のことを知らせたのかもしれません」

「おそらくそうだろう」

雑貨屋の夫婦に確かめればわかることだが、そうすれば助五郎に筒抜けになってしまう。いまは助五郎を自由に泳がせておかねばならない。

「ただ、何かあるときは、船宿の『平野家』を使うことがわかった。助五郎が今度、『平野家』に行ったときが勝負だ。誰かを、『平野家』に張りつかせよう」

剣一郎の脳裏に浮かんだのは隠密廻り同心の作田新兵衛《さくたしんべえ》だ。新兵衛を『平野家』の奉公人に化けさせて潜り込ませようと決めた。

「では、あとを頼む」

文七と別れ、剣一郎は湯島天神の男坂を下り、奉行所に向かった。

六

その日の昼下がり、剣之助は駿河台《するがだい》にある御先手組頭横瀬藤之進の屋敷にやって来た。いまや、この屋敷は第二の火盗改めの役宅となっていた。

この屋敷内には、取調べのための白州や仮牢、それから拷問の施設なども設けられているはずだ。

剣之助が門に近づくと物見窓から険《けわ》しい視線が浴びせられ、いきなり潜り木戸が開いて数人の武士が飛び出して来た。

「何者か」

ひとりの武士が誰何《すいか》した。

「私は青柳剣之助と申します。横瀬藤太郎さまにお会いしたいのです。お取り次ぎ願えますか」

進藤勝之助を連れ込んでいるので、よけいに警戒を厳しくしているのだろう。

「若さまのことか」

「そうです。ぜひ、お願いいたします」

武士たちは顔を見合わせてから、ひとりが知らせて来るといい、潜り木戸を戻って行った。その間、警護の武士たちは厳しい顔で剣之助を睨んでいた。

相当ぴりぴりしていると思った。

長い時間を待たされたような気がしたが、四半刻は経っていなかったかもしれない。藤太郎が出て来た。

「剣之助どのか」

藤太郎はなれなれしく呼んだ。

「その節は」

三囲神社でのことを思い出して、剣之助は言った。

「私に何か用か。まあだいたい察しはつくが、せっかく来たのだから聞いてやろう」

「向こうに行きませんか」

「よかろう」

藤太郎が歩き出すと、

「若」

と、武士のひとりが呼びかけた。

「心配ない。この者は私の友人だ」

藤太郎は振り向いて答えた。

「さあ、行こう」

藤太郎は神田川のほうに向かった。川の向こうは本郷台地だ。湯島聖堂《ゆしませいどう》の杜《もり》が見える。

「横瀬どの。進藤勝之助のことです」

剣之助は切り出した。

「やはり、そのことか」

藤太郎は含み笑いをし、

「心配いたすな。きっと、自白をさせてみせる」

「進藤勝之助は労咳を患っております。過酷な拷問に耐え得るか心配です」

「医者を立ち会わせておる。任せておいてもらおう」

藤太郎は嘲笑を浮かべ、

「進藤勝之助が『朱雀太郎』の一味であることは疑いようもない。我らが『朱雀太郎』一味を捕らえることは面白くないであろうが、現実を見据えることだ」

「しかし、一味は進藤勝之助が火盗改めに捕まったことを知れば、隠れ家から逃げ出してしまうのではありませんか。場合によっては、先に手を打って、江戸から離れるかもしれません。そうなったら、追い掛けることが難しいでしょう」

「我らはどこまでも追い掛ける」

やり方が乱暴だと、剣之助は思った。

「どうだ、剣之助どの。事件が解決したら、一度ゆるりと酒でも酌《く》み交《か》わさぬか。それとも、逃げるか」

「逃げるとは？」

「奉行所は火盗改めには勝てぬ。そのことで、負い目を持つのではないかと思ってな」

「奉行所はこれまでにも難事件を解決してきております。今度も、きっと……」

「待て」

藤太郎が剣之助の言葉を制した。

「奉行所というが、実際はそなたのおやじどのの力であろう。青痣与力ひとりの力で解決してきたまで」

「違います。父はあくまで助っ人であり、実際は探索に関わった同心の働き」

藤太郎は嘲笑し、

「いくら、青痣与力の力をもってしても、直参が関わった事件では満足に手出しは出来まい。この件は我らに任せ、もっと他の事件にあたられたらいかがかなと、おやじどのを説かれよ」

「…………」

「それから、これだけは教えておこう。自白をさせるのは何も……。いや、やめておこう。では、また、いずれ」

藤太郎はふと思い出したように、

「そうそう、酒を酌み交わすとき、ご妻女を連れてこられよ。あのような美しい女子《おなご》の酌で呑んでみたい。では、失礼」

と言い、悠然と引き上げて行った。

父に対しての傲岸《ごうがん》な態度にいかりが込み上げたが、志乃のことを持ち出したところをみると、藤太郎はわざと剣之助を怒らせようとしているのかもしれないと思った。しかし、なぜ、そこまでするのかわからない。いずれにしろ、挑発に乗ったら負けだ。

剣之助は大きく深呼吸をしてからその場から離れた。

それにしても、藤太郎の自信はどこから来ているのか。拷問で、進藤勝之助を落とせると思っているのか。

悪事に手を染めたとはいえ、進藤勝之助はまがりなりにも武士だ。拷問に音《ね》を上げ、自白をするだろうか。並大抵のことでは落ちないだろう。そして、その前に、体が持たないだろう。進藤勝之助は舌を噛み切るかもしれない。その可能性まで考えてのことなのか。

そのとき、藤太郎が最後に何か言っていたことを思い出した。自白をさせるのは何も……、と言って言葉を切ったが、そのあと何と続けるつもりだったのか。

剣之助はあっと声を上げそうになった。ちょうど武家地を抜けて、三河町《みかわちょう》に差しかかっていた。

目の前に自身番の横にある火《ひ》の見櫓《みやぐら》のそばで立ち止まった。剣之助はあることを考えたのだ。

自白をさせるのは何も、のあとに続くのは話の流れからいって拷問という言葉だ。自白をさせるのは何も拷問だけではない。そう言うつもりだったのではないか。

進藤勝之助は拷問にかけられるのではない。では、拷問ではないとしたら何か。そうだ、高麗人参かもしれない。高麗人参を餌《えさ》に自白を迫る。

拷問にかける必要はない。進藤勝之助が自分から喋るのを待つだけだ。藤太郎の自信はそこから来ているのではないか。

おそらく、藤太郎の父親は『朱雀太郎』一味が、進藤勝之助が自白をすることを見込んで逃亡を企てると睨んでいるであろう。

千住《せんじゅ》、板橋《いたばし》、内藤新宿《ないとうしんじゅく》、品川《しながわ》の街道の出口に見張りを置いているかもしれない。

その夜、八丁堀の屋敷に帰った剣之助は父の帰りを待ったが、父はなかなか帰宅しなかった。

志乃とふたりで過ごしていると、離れまで、母がやって来た。

「父上が帰って来ましたか」

「いえ。父上に相談があるといって、日本橋久松町に住むおうらさんというひとがお見えです。帰るまで待たせてもらいたいと言うのですが、いつ帰るやもしれぬゆえ」

「女の方？」

「なんでも、ご亭主が数日前から行方知れずになっているとのこと。すまないけど、話を聞いてやってはくださいませぬか」

「わかりました。すぐ参ります」

志乃に行って来ると言い、剣之助は客間に向かった。

襖を開けると、女が期待したように顔を向けたが、すぐに落胆して肩を落とした。

剣之助は女と差し向かいになって、

「私は青柳剣一郎の伜の剣之助と申します。父はまだ帰りません。私が代わってお話を伺いたいと思いますが、いかがでしょうか」

「はい。よろしくお願いいたします」

そうは言ったものの、女はあまり積極的ではなかった。やはり、伜の自分では不安なのだろうと思った。

「父にちゃんと伝えておきますゆえ、どうぞお話しください」

「はい」

ようやく、女は話す気になったようだ。

「私は日本橋久松町で筆や硯、墨を扱っている『十字屋』の内儀でうらと申します。主人は庄蔵といい、四十になります」

おうらは声を震《ふる》わせて、

「十日ほど前に、七兵衛という主人の昔の知り合いが訪ねて参りました。うちのひとよりふたつ三つ、年上かと思います。なんでも、三年ぶりに江戸に出て来たとか。そのときからうちのひとの様子がおかしくなりました。考え事をすることが多く、ときたまため息をついていました」

剣之助は黙って話を聞いた。

「二日前の夕方、七兵衛さんの使いのひとがやって来て、うちのひとは出かけて行きました。ところが、それきり帰って来ないのです」

「七兵衛さんの使いというのは偽《いつわ》りだったのですか」

剣之助は口をはさんだ。

「はい。うちのひとが出かけたあと、七兵衛さんが訪ねて来て、使いが嘘だとわかったのです」

「そのときの七兵衛さんの様子はいかがでしたか」

「とても驚いていました。顔が真っ青になって、うろたえていたようです」

「うろたえたのは、使いが来て出かけたと言ったあとですか。それとも、それから何かやりとりがあってからですか」

「すぐだったと思います」

「使いが来て出かけたと聞いて、七兵衛さんは顔が真っ青になってうろたえたのですか」

剣之助は小首を傾げた。

「どうやら、七兵衛さんには何か思い当たるものがあったのかもしれませんね。七兵衛さんは江戸に来て、どこに住んでいたかご存じですか」

「いえ、うちのひとは何も言いませんでした」


おうらは首を横に振った。

「ご主人は七兵衛さんとはどんな話をしていたかわかりませんか」

「いえ、いつもひとを遠ざけて、ふたりきりで話し込んでいましたから」

「あなたは、ご主人から七兵衛さんのことを一度も聞いたことはないのですか」

「ええ。所帯を持ってまだ三年足らずですから」

「三年？」

剣之助はふたりの年齢を考えた。

「私は一度所帯を持ち、子どもまで儲《もう》けましたが、亭主は病気で呆気《あっけ》なく死んでしまいました。それで、料理屋に女中で出ているときに、うちのひとと出会ったのです。私に子どもがいることも承知でいっしょになろうって言ってくれたんです」

そこまで言って、おうらは嗚咽《おえつ》をもらした。

「ご主人はずっと久松町でお店を？」

おうらが落ち着くのを待って、剣之助はきいた。

「いえ、三年前からだそうです」

「それ以前は？」

「聞いていません」

「あなたがきかなかったからですか、それともきいても答えてくれなかったからでしょうか」

「きいても、話をはぐらかされたように思います」

「あなたは、ご主人が以前は何をやっていたか、想像したことはありますか」

ませんか。

「あります」

「どう思ったのですか」

「最初はどこかの大店《おおだな》の番頭でもしていたのかと思ったのですが、そんな様子はありません。だから」

一瞬、言いよどんでから、おうらはいっきに続けた。

「まっとうな暮しをしてきたのではないかもしれないと」

「それはどういうことからですか」

言いづらそうにしたが、おうらは思い切って口を開いた。

「うちのひとは、私が思っている以上にお金を持っているようなんです。でも、なにをしてそんなに稼いだのか教えてくれません。だから、あまりまっとうなお金ではないのではと……」

「でも、こつこつと働いて稼いだお金かもしれません」

「うちのひとは私にも子どもにもとてもやさしくしてくれます。でも、ときたま、ひとりになると厳しい顔で遠くを見つめるような顔をしていることがあります。そのときの表情はちょっと怖いくらいで」

「過去のつらいことを思い出していたのでしょうか」

「じつは、うちのひとは三ヵ月ばかり前から、考え込むことが多くなっていたんです」

「三ヵ月前から？　何か心当たりはありますか」

「はっきりわかりません。ただ……」

「ただ、なんですか」

「『朱雀太郎』という盗賊のことがとても気になっているようでした。わざわざ、被害にあった家まで様子を見に行ったり、瓦版《かわらばん》を買って来たりしていました」

「『朱雀太郎』ですか」

思いがけぬ名が出て、剣之助は緊張した。確かに、『朱雀太郎』が出没したのは三ヵ月ばかり前からだ。

自分の店が狙《ねら》われると不安になったのか。しかし、『朱雀太郎』が狙うのは大店だ。小商いの店に押し入るとは思えない。

庄蔵は『朱雀太郎』について何か知っているのだろうか。

「七兵衛さんは三年ぶりに江戸に出て来たということでしたね。それまでは、七兵衛さんは江戸にいたのでしょうね」

「そうだと思います」

「その当時、ご主人と七兵衛さんはいっしょにお仕事をしていたのですね。だが、三年前に七兵衛さんは江戸を離れた。それなのに、最近、江戸に出て来た。そして、真っ先にご主人を訪ねたのですね」

「はい」

「七兵衛さんが江戸に出て来た理由を、ご主人も知っていた。そして、七兵衛さんもご主人が連れ出されたわけを知っているようです」

「もう、うちのひとは生きていないでしょうね」

おうらは涙ぐんだ。

「まだ、決めつけてはいけません」

「じつは、いなくなる前の日、うちのひとが晩酌をしながら、私にこんなことを言ったんです。もし、私に万が一のことがあったら、おまえがこの店を守り、ゆくゆくは正太に任せろと。なぜ、そんなことを言うんですかときいたら、万が一のことを考えてのことだと笑っていました。ひょっとしたら、うちのひとは覚悟をしていたのかもしれません」

すでに、庄蔵は死んでいる。そう覚悟をしているのは、おうらのほうかもしれないと思った。

「きっと、見つけ出します。ですから、お気を強く持ってください」

慰《なぐさ》めにもならないとわかっていても、剣之助はそう言わざるを得ない気持ちだった。

「庄蔵さんはどんな感じの男でしたか」

「細面で眉毛が濃く、渋い感じでした。背が高く、痩せています」

「七兵衛さんはどうですね」

「四十半ばぐらいでしょうか。鬢《びん》に白いものが目立ち、浅黒い顔をしていました。小柄でやはり細身でした」

「わかりました。あとは任せてください」

おうらが引き上げても、父はまだ帰って来なかった。

父が帰って来たのは、五つ（午後八時）を大きくまわってからだった。父が着替え、落ち着いた頃を見計らって、剣之助は父の部屋を訪れた。

「父上。剣之助です」

「入れ」

襖の外から呼びかける。

「失礼します」

剣之助は部屋に入った。

父は部屋の中で瞑想《めいそう》をしていたようだ。考えることがいろいろあるのだ。

剣之助は差し向かいになってから、

「お話ししなければならないことがふたつあります」

と、切り出した。

「聞こう」

父は居住まいを正した。

「昼間、横瀬藤太郎どのにお会いし、進藤勝之助の拷問について申し入れをしました。しかし、聞く耳はさらさらないようでした」

「であろう」

「で、そのとき、藤太郎どのが妙なことを言いました。自白をさせるのは何も……、と言って言葉を切ったのです。おそらく、自白をさせるのは何も拷問だけとは限らないと言うつもりだったのではないでしょうか」

「…………」

「拷問ではなく、高麗人参を餌に自白を迫っているとは考えられませんか」

「高麗人参を餌にか」

父は腕組みをした。

「あるいは、すべてを自白すれば、どこかの地で養生させるという条件を示したのではないかと思われます。幕閣としても、凶悪な強盗一味に直参が加わっていたことは隠したいはず。拷問にかけるより、口を割る可能性が高いと思われます」

「おそらく、そうかもしれぬ。だが、妙なことがある」

父は苦しそうな顔で言う。

「妙なこととは？」

「助五郎に逃げ出す気配がないのだ」

「えっ？」

「進藤勝之助が火盗改めに捕まれば、当然自白させられることを考え、逃亡を企てるはず。その気配がない」

剣之助は啞然とした。

「どうしてでしょうか」

「わからぬ。考えつくことは、助五郎が一味ではないということだ。だが、助五郎は謎の男だ。何かある。いや、進藤勝之助とは仲間だ」

「助五郎には、進藤勝之助が自白しても逃げきれる自信があるというのでしょうか」

剣之助はそうとしか考えられないと思った。

「いや、もしかしたら、進藤勝之助は自白しないという確信があるのかもしれない」

「しかし、そんな確信がもてましょうか」

剣之助は疑問を投げかけた。

「うむ。しかし、進藤勝之助が捕まったことに驚いているようだが、助五郎に混乱した様子は見られない。ふたりは、強い何かの絆《きずな》で結ばれているのかもしれない」

「絆ですか」

剣之助は呟いてから、

「もし、そうだとしたら、横瀬さまの火盗改めが進藤勝之助を捕まえたことは意味がなかったことになりますね」

その点では小気味よさがあったが、しかし、『朱雀太郎』の件を解決に導く手立ては何ひとつ見つかっていないのだ。

ふと、剣之助はおうらが言っていたことを思い出した。亭主の庄蔵がいなくなる前におうらに言った言葉だ。

私に万が一のことがあったら、おまえがこの店を守り、ゆくゆくは正太に任せろと、庄蔵は話したという。

庄蔵は自分が狙われていることを察して覚悟をしていたのだ。

進藤勝之助はどうだ。奉行所や火盗改めが労咳にかかった武士を探していることは耳に入っていただろうか。

そうだ。気づいていたのだ。進藤勝之助が助五郎と亀戸天満宮境内脇の料理屋で会ったのは、万が一のことを話し合うためだったのではないか。

剣之助はいま思いついたことを口にした。

「父上。進藤勝之助には大事にしている人間がいるのではありませんか。その人間を守るためには助五郎の手が必要だとしたら、進藤勝之助は決して自白をしないのでは？」

父は大きく頷いた。

「十分に考えられる。そうに違いない。進藤勝之助には大事な人間がいるのだ。女かもしれぬ。よし、京之進を呼ぶ」

父は腰を浮かしかけた。

「父上、もうひとつお話があります」

剣之助は切り出した。

「そうであった」

父は腰を下ろした。

「夕方、父上に相談があると、日本橋久松町に住むおうらという女子がやって参りました。父上の帰りを待っていましたが、私が代わりに話を聞きました」

そう前置きをしてから、おうらから聞いたことを細かく話した。

「いまは、おうらの亭主の庄蔵はまっとうな商売をしていますが、三年前まで何をやっていたか不明です。さらに、七兵衛は三年ぶりに江戸に出て来てすぐに庄蔵を訪ねています。庄蔵は三年前まで七兵衛とともに何かをやっていたと思われます」

「三年前……」

父は顎をさすりながら考えた。

「それより気になるのが、庄蔵が『朱雀太郎』のことに関心を寄せていたことです。『朱雀太郎』のことが書かれた瓦版も読んでいたそうです」

「庄蔵の特徴は？」

「四十歳。細面で眉毛が濃く、渋い感じの男で、背は高くやせているそうです」

「あの男かもしれぬ」

父が思いだしたように言った。

「ご存じですか」

『佐原屋』の現場で野次馬の中に、不審な挙動の男がいた。一味の者という感じではなかったが、真剣な顔つきだった。こっちの視線に気づくと、すぐにその場から離れて行った。おそらく、その男かもしれない」

「そうでしたか。やはり、『朱雀太郎』に強い関心を持っているのでしょうか」

「あのときの真剣な目つきからすると、現場から何かを嗅ぎ出そうとしていたのではないか」

「七兵衛が江戸に出て来た理由ですが、時期的にいって『朱雀太郎』と関わりがあるように思えます」

「じつは前から気になっていたことがある」

「なんでございましょうか」

「三年前まで、ふたつの盗賊が競うように江戸を荒らし回っていた。だが、両者はまったく正反対だった。ひとつは霧の鮒吉一味だ。いまの『朱雀太郎』のようにひとを平気で殺し、女も犯す。残虐な一味だ。もうひとつはあまり名は知られていないが朱雀の秀太郎一味だ。押込み先で決してひとに危害を加えず、女にも手荒なことをしない。そういう鮮やかな盗っ人だった」

「朱雀の秀太郎と『朱雀太郎』……よく似ていますね。ひょっとして、『朱雀太郎』

は朱雀の秀太郎一味の……」

「いや。いま申したように朱雀の秀太郎は殺生をしない、『朱雀太郎』の荒っぽいやり方は、どちらかというと霧の鮒吉一味に近い」

「そうですね。で、霧の鮒吉一味はどうなったのですか」

「火盗改めが霧の鮒吉の隠れ家を急襲し、一味を壊滅させた。ほとんどが抵抗したため、火盗改めに斬り殺された。山脇竜太郎どのの働きが大きかったそうだ」

「朱雀の秀太郎一味は?」

剣之助は厳しい顔の父にきいた。

「いや。霧の鮒吉一味が滅んだあと、朱雀の秀太郎は一度だけ夜働きした。が、それを境に、その後はぴたりと活動をやめている」

「江戸を離れたのでしょうか」

「そうだ。朱雀の秀太郎はもともと江戸の人間ではなかったのだろう。だから、国に帰ったのかもしれない」

「庄蔵と七兵衛が朱雀の秀太郎の仲間だったとすると……。庄蔵だけが江戸に残り、七兵衛だけが秀太郎といっしょに江戸を離れたということになりますね」

「そうだ。庄蔵は盗っ人稼業から足を洗い、商売をはじめたのだ。ところが、ここに来て『朱雀太郎』という盗賊が現れ、残虐な手口で盗みを繰り返している。何かを感じ取ったのだ」

遠くから微かに拍子木の音が聞こえた。木戸番の夜警だ。もう、四つになるのだ。

父がこうして夢中で話してくれることがうれしかった。父とこうして難事件について時を忘れて語り合っていることに、剣之助は陶酔《とうすい》に似た感情を持った。

事件の解決に向けて、剣之助は新たに闘志を燃え上がらせていた。

第四章　玄武《げんぶ》の常《つね》

一

翌日、剣一郎は米沢町にあるそば屋の二階小部屋で山脇竜太郎と会った。

「お呼び立てしてすみません」

剣一郎は呼び立てたことを謝した。

「いや」

竜太郎は疲れた顔で言い、

「お頭から横瀬さまに進藤勝之助の件で注意を差し上げたが、にべもない返事だったそうだ」

と、憤然《ふんぜん》として続けた。

「そのことですが、おそらく進藤勝之助は自白することはないでしょう」

剣一郎は言い切った。

「なぜだ？」

竜太郎は目を見開いた。

「仲間と思える助五郎に逃亡の気配がないからです。助五郎は進藤勝之助が自白しないと信じきっているのだと思います」

「なぜ、そう言えるのだ？」

「それを調べていただきたいのです」

「調べるといっても何を調べればよいのだ？」

竜太郎はすっかり自信を失いかけている。そんな気がした。第二の火盗改めに圧倒され、意気消沈しているようだ。

「進藤勝之助が親しくつきあっている人間です」

「親しくつきあう？」

「女かもしれません。進藤勝之助には思いを寄せた女がいるのかもしれません。あるいは、兄弟かも……。いえ、やはり、女の可能性が高いと思います」

「女のために、自白しないというのか」

「仮に、その女も仲間だとしたら、自白することによって、その女もお縄を受けることになります。女を守るために、自白は絶対にしないと思います。なれど、横瀬さまのほうでも、このことに気づき、女を捕まえたら……」

「進藤勝之助が黙っている理由がなくなるわけか」

「そうです。逸早《いちはや》く、女を捜し出さねばなりません。山脇どのの力で、御家人仲間から何かきき出してください」

「よし、わかった」

竜太郎は意気込んでから、

「青柳どの」

と、口調を変えた。

「なぜ、そなたのほうで調べぬのだ？　なぜ、私に手掛かりを譲《ゆず》ってくれるのだ？」

「いえ、直参に聞き込みをかけるのは火盗改めのほうがよいかと思いまして」

剣一郎は言い訳を言う。

「すまぬ」

竜太郎は畏《かしこ》まって頭を下げた。

「とんでもない。一刻も早く真相に辿り着くのが先決だと考えています。それと、ほんとうのことを言いますと、火盗改めを横瀬さまに取って代わられて欲しくないのです」

横瀬藤之進の勝気な性格からして強引な探索も厭《いと》わないに違いない。無辜《むこ》の人間が捕まったり、拷問にかけられたりすることも増える。そのことを恐れているのだ。

「それともうひとつ、山脇どのに教えて頂きたいことがあります」

剣一郎は切り出した。

「なんだ、私でわかることならなんでも話す」

「ありがとうございます。三年以上前、江戸を荒らし回っていたふた組の盗賊がいましたね。霧の鮒吉一味と朱雀の秀太郎一味」

「うむ」

「霧の鮒吉の隠れ家を火盗改めが急襲し、一味を壊滅させましたね。その後、朱雀の秀太郎一味も活動をやめています。このふたつのことが無関係ではないように思えるのです。霧の鮒吉の隠れ家をどうやって見つけたのですか」

竜太郎はちょっと俯《うつむ》いた。が、すぐに顔を上げた。

「我らの密偵が探り出したことになっているが、実際には垂れ込みがあったのだ」

「やはり」

剣一郎は覚えず呟《つぶや》き、

「で、誰が垂れ込んだと?」

「鮒吉の子分のひとりだろうと思っている」

「その後、朱雀の秀太郎は一度だけ夜働きをしただけで、ぷつりと動きをやめました。このことをどう思っていたのですか」

「鮒吉一味の無残な最期を知り、怖くなって江戸から逃げたのではないかと考えていた」

「なるほど」

庄蔵と七兵衛が朱雀の秀太郎一味だとしたら、話の辻褄が合う。しかし、庄蔵は江戸に残り、七兵衛は江戸を離れた。秀太郎といっしょだろう。

しかし、七兵衛が三年ぶりに江戸に舞い戻り、庄蔵を訪ねた。その庄蔵は『朱雀太郎』の押込みになみなみならぬ関心を示していたのは間違いない。七兵衛が江戸に舞い戻った理由も『朱雀太郎』に絡んでいるのではないか。

ふたりは、『朱雀太郎』の何に興味を持ったのか。そして、注目すべきことは、庄蔵が何者かに連れ去られたことである。そして、そのことを、七兵衛も予想していた節があることだ。

「鮒吉の隠れ家を垂れ込んだのが朱雀の秀太郎だとは考えられませんか」

剣一郎はずばりときいた。

「朱雀の秀太郎が？」

「そうです。鮒吉と秀太郎は同じ盗賊でありながら、その手口は両極端でした。ひと殺しをなんとも思わない鮒吉一味に対して、ひとに危害を加えない秀太郎一味。この両者に対立はなかったのでしょうか」

「………」

「秀太郎一味が江戸を離れたのは、鮒吉一味の無残な最期に恐くなったからではなく、最初から江戸を捨てるつもりだった。だが、日頃から残虐非道な鮒吉のやり方に業《ごう》を煮やしていた秀太郎が行き掛けの駄賃《だちん》に、一味の隠れ家を垂れ込んだのでは？」

「そうかもしれない。その可能性は十分にある。だが、そのことと『朱雀太郎』の件がどう結びつくのだ？」

「じつは、昨夜、日本橋久松町の『十字屋』という店の内儀が私の屋敷にやって来ました。亭主の庄蔵が帰って来ないという相談でした」

剣一郎は庄蔵のことから七兵衛のことまで話した。

「つまり、庄蔵と七兵衛は朱雀の秀太郎の手下だったのではないかと」

「なんと」

竜太郎は目を見張り、

「そなたは、そこまで深く考えていたのか」

と、感嘆の声を上げた。

「いえ、これは偶然に知ったもの」

「いや。さすが、青痣与力だ。悔しいが、我らのはるか先を行っている」

竜太郎は自嘲ぎみに口元を歪《ゆが》めたが、すぐ表情を引き締め、

「そのことより、庄蔵のことだ。そなたは、鮒吉一味の残党の仕業だと考えているのだな」

「そうです。鮒吉に縁《ゆかり》の者が庄蔵と七兵衛に復讐をしようとしているのではないかと。そして、『朱雀太郎』の正体も鮒吉の残党が……」

「いや」

竜太郎は剣一郎の言葉を制した。

「鮒吉一味は全滅したのだ。間違いない。確かに鮒吉には子どもがいた。鮒吉の情婦が産んだ男の子だ。だが、その子どもは死んでいた」

「死んでいた？」

「鮒吉一味を潰滅させたあと、鮒吉の情婦を捜した。そして、ふたりが暮らしている高崎まで行った。そしたら、鮒吉の子どもは賭場で喧嘩になり、刺されて死んでいた

ことがわかった」

「ほんとうですか」

「間違いない。鮒吉一味については徹底的に調べたのだ。したがって、『朱雀太郎』が鮒吉の残党ということはありえない」

「では……」

平坦だった道が急に険しくなったような戸惑いを覚えた。

「鮒吉の子どもが死んでいたことは、朱雀の秀太郎一味の耳に入っていたのでしょうか」

剣一郎は気を取り直してきいた。

「いや、高崎でも、鮒吉の子どもだと知っている人間はいなかった。知らないはずだ。だから、庄蔵や七兵衛は鮒吉の子どもが『朱雀太郎』だと思うことはあり得る」

「そうですね」

庄蔵と七兵衛は鮒吉の子どもを恐れたのかもしれない。

「ともかく、進藤勝之助に女がいたかどうか、至急に探ってみる。わかったら、すぐ連絡する」

竜太郎はそう言い、先に引き上げた。

鮒吉一味が全滅していたなら、『朱雀太郎』は何者なのか。なぜ、庄蔵が連れ去られたのか。

剣一郎は霧の中に紛れ込んだようになった。

だが、すぐ気力を奮い立たせた。朱雀の秀太郎一味について調べるのだ、と剣一郎は次の一手をみつけた。

二

七兵衛は目を覚ました。障子《しょうじ》の外が明るいので昼間だとわかる。見馴れた天井の節穴が目に飛び込んだ。

ここは南六間堀町の十蔵の住まいだ。体を起こそうとしたが、胸がむかつき、腹も痛くて起き上がれなかった。

ちくしょう。いったい、どうなっちまったんだ、と七兵衛は腹立たしくなった。

この家にやって来た夜、ここで出してもらった酒を呑み、飯を食べてから、急に体に異常を来《きた》したのだ。あれから、何日経つだろうか。

部屋の外で物音がした。障子が開いて、二十五、六ののんびりした感じの若い男が顔を出した。

「どうですか、気分は？」

若い男はきいた。

「まだ、胸がむかつく」

「そうですか。薬を持って来ました」

「すまねえな」

男の手を借りて、七兵衛は半身を起こした。

薬湯を服《の》む。苦い。七兵衛は咳《せ》き込んだ。ほとんど吐き出した。薬がきいているとは思えず、そのあとは服んだ振りをした。

「十蔵は出かけているのか」

「へい」

「帰って来たら、顔を出すように言ってくれ」

「わかりました」

七兵衛は再び横になった。

庄蔵がいなくなって、どのくらいになるか。帰って来ちゃいないだろう。とうに殺されているに違いない。

せっかく、堅気になり、いいかみさんをもらったのに、さぞかし無念だろうと、七兵衛は胸を痛めた。

鮒吉の伜《せがれ》の仕業だろうか。当時、伜は江戸にいなかった。父親の死を知り、復讐を期したんだろう。だが、どうして、伜は密告したのが朱雀の秀太郎だと思ったのだろうか。

それに、朱雀の哲や青龍の昌のことをどうして知ったのか。幾《いく》つか腑に落ちないことがあった。

また、胸の中が焼けただれるように熱くなった。周期的に、激しい苦痛に襲われる。いったい、俺の体はどうしちまったのか。

風邪ひとつ引いたことがない丈夫な体が自慢だったのに、この体《てい》たらくだ。いったい、どうしてしまったのか。

いつの間にかうとうととしていた。気がついたとき、部屋の中は薄暗くなっていた。

梯子段《はしごだん》を上がって来る音がした。日中の若い男のものではない。落ち着いた静かな足取りだった。

障子が開いた。七兵衛は顔を横に向けた。

「兄い、どうだえ」

十蔵だった。

「ああ、まだいけねえ。すまなかったな、面倒をかけちまって」

「何も遠慮はいらねえ」

十蔵の口元に微かに笑みが浮かんだ。

「薬はちゃんと服んでいるかえ」

十蔵は鋭い目を向けた。

「ああ、三度三度な」

「うむ。ちゃんと服んだほうがいい」

「それより、庄蔵のほうはどうだ、何かわかったか」

七兵衛はきいた。

「久松町の店の様子を見て来たが、庄蔵はまだ帰っていないようだ。兄いの前で言いづらいが、もう生きちゃいまいよ」

十蔵の言葉が胸に突き刺さった。

「ああ、わかっている」

七兵衛はため息混じりに答えた。

「それより、おかしらの居場所を教えてくれないか。江戸で起こったことを早く知らせてえんだ」

十蔵は急《せ》かした。

「俺の口から話す」

七兵衛は頑《かたく》なに言った。

「しかし、手紙を書いて送ればいいじゃねえか」

「いや。直《じか》に会って話さなきゃならねえ。今後のことも含めてな」

「しかし、その体じゃ、旅は当分無理だ」

「うむ。あと三日様子をみて、それでも回復しなかったら飛脚に頼もう」

「そうしてくれ。手紙を書く気になったら、いつでも言ってくれ」

「ああ、わかった」

またも胸が苦しくなった。

「いってえ、どうしちまったんだ。俺の体は?」

七兵衛は覚えず嘆《なげ》いた。

「みな、同じものを食べているんだ。食中《あた》りとは思えねえが」

十蔵が首を傾げた。

食べ物がいけなかったのだと思うが、特別なものを食べたつもりはない。七兵衛はどうも腑《ふ》に落ちなかった。

十蔵が部屋を出て行き、代わりに若い男がやって来て、行灯《あんどん》に火を入れた。ほんのりとした明かりが味気ない部屋に灯《とも》った。

「薬を服んでください」

「もう、そんな時間か」

若い男の手を借り、七兵衛は体を起こした。

「どうぞ」

若い男が薬湯の入った湯呑みを差し出した。

「すまねえ」

七兵衛は湯呑みを受け取った。

「おめえさん、十蔵とは長いのかえ」

七兵衛は若い男に声をかけた。

「へえ。二年ちょっとです」

「そうか。俺のことを聞いているか」

「そうだな」

「おかしらからきいてます。朱雀の秀太郎親分の右腕で、おかしらがずいぶん世話になったお方だと」

「そうかえ」

七兵衛は湯呑みを持ったままだ。

「この家にいるのは何人だえ」

「あっしの他に三人ばかし」

若い男は七兵衛が薬を服むのをいつもじっと見つめている。

七兵衛は湯呑みを見つめた。どす黒いどろどろしたものが入っている。匂いも強い。

「どうかしましたか」

「いや」

七兵衛は薬湯を口に含んだ。若い男がほっとしたように視線を外した。その隙に、七兵衛は手拭いに口の中のものを吐き出した。

「すまなかった。もういい」

薬を服むたびに悪くなっていくような気がしていた。よくならないなら、苦い思いをしてまで服む必要はない。そう思ったのだ。

若い男は薬湯を片づけはじめた。

「おまえさんはどこの出身だね」

「へえ、上州です」

「ほう、上州か。なんで、江戸に出て来たんだえ」

「国じゃ食えませんから」

「江戸はどうだった？」

「へえ、江戸も同じです。三年前に江戸に来て、最初に働いた飯場《はんば》は国で聞いた話とまったく違ってました。搾《しぼ》り取られるだけ搾り取られる。そんな毎日に嫌気が差して飯場を飛び出したんです」

「江戸には三年前に来たのか」

「へえ」

「おめえの名は？　いや、じつの名は？」

「へえ、五助です」

「なに、五助」

たちまち、倉賀野宿の旅籠《はたご》のお花という女中を思い出した。

「おめえのかみさんはお花さんといいはしねえか」

「げっ、お花を知っているんですかえ」

五助は七兵衛の前に跪《ひざまず》いた。

「ああ、江戸に出る道中、倉賀野宿で泊まった旅籠で女中をしていた。子どもを実家に預けて働いていた」

「お花……」

「お花さんは、亭主は江戸でいい女が出来て面白おかしく暮らしているに違いないと言っていたぜ」

「お花がそんなことを」

「まさか、おめえが十蔵の手下になっていようとはな」

やりきれないように、七兵衛は大きく首を横に振った。

「お花は元気でおりましたか」

「ああ、元気だ。だが、寂しそうだった。そりゃそうだ。亭主はいねえ、自分は子どもを預けて働かなくちゃならねえんだ」

「お花……」

五助はくすんと鼻を鳴らした。

「帰ってやれ。俺と会ったのも何かの巡り合わせだ。どんなに貧しくとも、親子いっしょに勝るものはねえ。倉賀野宿の『高木屋』という旅籠にいる。迎えに行け」

「でも」

「十蔵にならｍ、俺が話をつけてやる。いくら、盗みだけだといっても、軽くて遠島《えんとう》、へたすれば獄門だ。かみさんと子どもにそんな姿を見せちゃならねえ」

「………」

「十蔵の手下でよかったぜ。これが『朱雀太郎』などという極悪な盗賊の仲間になっていたら……」

いきなり、五助は立ち上がり部屋を出て行った。

どうしたんだと、七兵衛は五助を思った。かみさんと子どものことを思いだして、いたたまれなくなったか。

まさか、五助と巡り合うとは夢にも思わなかった。これも何かの導きかもしれない。

夜になって、七兵衛は厠《かわや》に行った。ふらつく体をてすりにつかまってゆっくり梯子段をおりた。

「じゃあ、頼んだぜ」

十蔵の声が聞こえ、そのあとで格子戸の閉まる音がした。

十蔵が出かけて行った。

用を足して、二階に戻った。梯子段の上り下りだけで息が荒くなる。仰向けになって、天井の節穴を見つめながら、七兵衛はやはりおかしいと思った。

体のことだ。食中《あた》りとは思えなかった。自分だけ食中りするとは思えない。それに、急な吐き気と腹痛。熱も出た。

七兵衛はあのときのことを思いだした。

あの夜は、使いの者が来て、十蔵があわてて出かけて行ったのだ。夜遅く帰って来た。

翌日の朝、飯を食った。貝の剝《む》き身を白ごまに和《あ》えたものが出た。それを食べて、しばらくして急に腹痛が起きた。

てっきり、貝がいけなかったのだと思い込んでいたが、ほんとうにそうだろうか。

その後、薬を服むたびに体力が落ちて行くような気がした。きょうは朝から薬を服む振りをして吐き出した。体調はよくならないが、悪くもなっていない。

突然、天井の節穴が大きくなって自分を呑み込むかのような錯覚がした。まさか、と七兵衛は目を剝き、節穴を睨《にら》み付けた。節穴が十蔵の顔に見えたのだ。

自分の腹の強さには自信があった。昔、仲間と天ぷらを食べ、全員が食中りした。

同じような分量を食べながら、七兵衛だけはなんともなかったのだ。

今度は自分だけが食中りした。考えられないことだ。食中りではない。そう思うしかなかった。

毒だ。

なぜだ。毒を食らわされたのだと、七兵衛は身を固くした。

何かおかしい。なぜ、十蔵が俺に毒を……。

起き上がろうとしたが、体に力が入らない。また、吐き気をもよおした。十蔵は何かを隠している。何を隠しているのか。

何かおかしい。俺は何かとんでもない間違いをしているのではないか。七兵衛ははじめて疑問を持った。

三

その夜、剣一郎は柳橋の船宿『平野家』の前に辿《たど》り着いた。

河岸の柳の陰に、文七が待っていた。

「ご苦労」

「助五郎は四半刻（三十分）前に入りました」

「その後、入ったのは？」

「三十過ぎの目尻のつり上がった細面《ほそおもて》の顔の男がひとり」

「では、その男が助五郎の相手かもしれぬな」

「はい」

夜はさすがに大川を渡ってくる風が冷気を含んでいて寒い。屋根船が出て行く。猪牙舟《ちょきぶね》が帰って来た。神田川に船が行き交う。

そのとき、船宿から下働きの男が出て来た。こっちへ小走りにやって来た。隠密廻りの作田新兵衛が化けているのだ。

「青柳さま。さっき入っていった男が助五郎と待ち合わせた市助という男です」

「よし、わかった」

新兵衛はすぐ船宿に戻って行った。『平野家』の女将には横網町の市助と名乗っているが、横網町に市助という男がいないことは調べてある。

「江戸で夜働きをしていた朱雀の秀太郎という盗賊が三年前に突如として活動をやめた。助五郎も市助も朱雀の秀太郎という盗賊に関わりがあるのではないかと思われる」

「では、『朱雀太郎』は朱雀の秀太郎一味が再び集結して……」

「いや。そこが腑に落ちない。朱雀の秀太郎はひとに危害を加えないことで有名な盗っ人だった。残虐非道な『朱雀太郎』とは手口が違う」

剣一郎はそのことでまたも考えが行き詰まるのだ。それと、庄蔵と七兵衛のこともある。だが、霧の鮒吉の伜の線が消えたいま、朱雀の秀太郎の存在が剣一郎の中では大きくなっている。

半刻(一時間)後、助五郎が船宿から最初に出て来た。思ったより、早かった。手に風呂敷包《ふろしきづつみ》を提《さ》げている。

「あれは、妻恋町の家を出たときから持ってました。市助に渡すものだと思っていたのですが、そうではなかったようです」

文七が説明した。

「すると、これから誰かに渡すのか」

剣一郎は何か気になった。

助五郎は柳橋のほうに向かった。妻恋に帰るには道が違う。

「文七。助五郎をつけてくれ。何か気になる。市助のほうは新兵衛に頼む」

「わかりました」

柳橋を渡って行く助五郎のあとについて、文七が着物の裾《すそ》をつまんで歩きだした。

続いて、目尻のつり上がった男が出て来た。市助に違いない。そのあとから新兵衛も出て来た。

市助も柳橋を渡った。新兵衛に目顔で合図する。頷き、新兵衛はあとをつけた。剣一郎は新兵衛のあとを追った。

市助は両国橋を渡った。暗い橋の上に市助と新兵衛の黒い影が渡って行く。剣一郎は橋に差しかかった。

剣一郎が橋の真ん中辺りに来たとき、すでに先を行く市助は橋を渡り終えていた。やがて、市助が右に折れた。剣一郎は新兵衛のあとを目指す。

竪川沿いを新兵衛は歩いていた。その前を行く市助は二ノ橋を渡った。遅れて、新兵衛が続く。

弥勒寺の前を過ぎ、北森下町を過ぎた。

新兵衛が立ち止まった。それから、急ぎ足になった。市助が角を曲がったのだ。新兵衛は角まで急いだ。

剣一郎も急ぎ足になった。

角を曲がり、しばらく行くと、神明宮の社《やしろ》が見えて来た。その裏門の暗がりに、新兵衛が身をひそめていた。

剣一郎は新兵衛に近づいた。

「あの一軒家に入りました」

「そうか。明日にでも、どんな人間が住んでいるか調べてくれ」

「わかりました」

しばらく、様子を窺《うかが》っていたが、二階家から誰も出て来る気配はなかった。


翌朝、文七がやって来た。

「早くにすみません」

「いや。それより、ゆうべ、助五郎はどうした？」

「それが、あのあと馬喰町の長次郎店《ちようじろうだな》という長屋に入って行きました。すぐ出て来ましたので、どの家に入ったのか確かめられませんでした。ただ、左側の家だと思います。それと、手に提げていた風呂敷包がなくなっていました。おそらく、長屋の誰かに渡して来たのだと思います」

「そうか。よし。その長屋は私が調べよう。引き続き、助五郎から目を離すな」

「はっ」

文七は庭から引き上げて行った。

剣一郎は剣之助を呼んだ。

「昨夜、助五郎と会っていた市助という男の住まいを見つけた。いま、新兵衛が張っている。南六間堀町だ。神明宮の裏手の一軒家だ。剣之助はそっちの様子をみてきてくれ」

「わかりました」

あわただしく、今度は京之進がやって来た。

「何かわかったか」

「はい。朱雀の秀太郎と親しかったひとり働きの筑波の定八《さだはち》という盗っ人がおりました。五年前に捕まりましたが、牢内で重病になり、いまは浅草の溜《ため》に収容されています」

溜とは、重病の囚人が入れられる療養所で、浅草の千束《せんぞく》と品川にあった。

「定八はもう寝たきりでしたが、秀太郎のことはよく覚えていました。定八が言うには、七兵衛と庄蔵は秀太郎の古くからの手下だということです」

「やはり、そうであったか」

「はい。それから、他の手下について、こんなことを言ってました。七兵衛と庄蔵の下に四人の腕利きの男がいたそうです」

「はい。秀太郎は江戸を四分割して、この四人にそれぞれを任せ、押し入る先を入念に調べさせていたそうです」

「四分割?」

剣一郎はあっと思った。

かねてから剣一郎が気にしていたのは、なぜ朱雀と名乗っているかだった。朱雀とは、四神のひとつであり、南方を守護する神である。

四人の手下に四分割した江戸を任せていたとしたら、四神にみなすことも考えられなくはない。

しかし、朱雀の秀太郎一味の誰かが『朱雀太郎』を名乗っているのだとしたら、方位など関係ない。朱雀はあくまでも、秀太郎の異名でしかないからだ。それにしても、なぜ朱雀を名乗っているのか。その手口からいって、『朱雀太郎』が朱雀の秀太郎の跡目を継いだとは思えない。

そのことに何か秘密があるのかもしれない。

「その四人がどういう人間かわからないか」

「残念ながら、定八はこの四人とは口をきいたこともなかったそうです」

「四人?」

「そうか。だが、京之進。お手柄だ。よく、そこまで調べた」

「筑波の定八から聞いただけです」

「いや。よく、定八のことを思いついた。『朱雀太郎』は朱雀の秀太郎一味が関わっていることに間違いない。この四人について調べてくれ」

「はっ」

京之進が引き上げた。

その後、剣一郎は急いで朝餉をとり、髪結いに髪を結って、髭《ひげ》を当たってもらい、編笠をかぶってあわただしく屋敷を出て行った。

剣之助はすでに出かけていた。

剣一郎は馬喰町二丁目の長次郎店に急いだ。賑《にぎ》やかな通りから横町を入ると、急にひと通りも少なくなった。

長次郎店に入って行く。果して、助五郎が訪ねた家はどこか。残念なことに、文七はどの家に入ったか確かめられなかった。しかし、文七は左側の家だと言っていた。

三軒ずつ路地の両側に棟《むね》続きの長屋があり、腰高障子《こしだかしょうじ》にはそれぞれ商売がわかる絵が描かれている。左側の三軒はまず、鉋《かんな》の絵が描かれた大工の家、次に筆の絵。筆職人だろう。そして、三軒目は小吉《こきち》と書かれた千社札《せんじゃふだ》。何の商売かわからない。

剣一郎は長屋の奥まで行き、引き返した。

そして、長屋木戸の脇にある荒物屋の店先に立った。大家の家だろうと見当をつけたのだ。

箒《ほうき》やたわしなどが吊り下がっている。編笠を外し、顔を出しただけで店番をしていた中年の男が居住まいを正した。畏《かしこ》まると、小肥りの体がまん丸に見えた。

「青柳さまで」

頰の青痣を見て、すぐにわかったようだ。若い頃に押込み一味がいる中に単身で乗り込んだ際に受けた傷が青痣となって残ったものだ。

「この長屋の大家か」

「はい。さようでございます」

「ちと訊ねたいのだが」

「はい。なんでございましょうか」

不安そうに、大家は身を乗り出した。

「この長屋に、三浦屋助五郎という男がやって来たようなのだが、どの家を訪ねたか知りたいのだ」

「三浦屋助五郎ですか」

大家は首を傾げた。

「さあ、心当たりはありませんです。申し訳ありません」

「いや、謝る必要はない」

剣一郎はついでにきいた。

「まず、左手前の家は大工の家のようだが?」

「へえ、大工の美濃吉《みのきち》夫婦が住んでいます」

「夫婦者か。いくつぐらいだ?」

「亭主は二十五、かみさんは二十歳です」

「若夫婦か。隣は筆職人だな」

「はい。独《ひと》り身の職人です」

「独り身? いくつだ?」

「三十前です。大伝馬町にある親方のところに通っています。いたって、真面目で正直な男です」

助五郎の仲間の可能性を考えたのだが、大家の話では、大それたことの出来る人間ではなさそうだった。

「三軒目の小吉と書かれた千社札を貼ってあるのは?」

「通いの番頭さんの家です。須田町にある瀬戸物屋です。かみさんとふたりで住んでいます」

違うようだ。どうもぴんとくるものがなかった。だが、この中に、助五郎が訪れた家があるはずなのだ。

もっとも疑わしいのは独り身の職人だが、真面目で正直な男だという。そういう人間を装っているという見方も出来るが、助五郎の仲間だとしたらそのような雰囲気は端々に感じられるのではないか。

この職人は違う。すると、残るは大工の美濃吉夫婦だ。

「大工の美濃吉はどんな男だ？」

「はい。酒好きですが、腕のいい大工です。世話好きで、長屋の者の面倒をよくみています」

やはり、助五郎の仲間の感じはしない。

ふと、思いついて、

「美濃吉には兄弟はいるのか」

と、剣一郎はきいた。

兄か弟が助五郎の仲間ではないかと考えたのだ。きのう、助五郎は風呂敷包を置いてすぐ引き上げたのだ。目当ての兄弟に荷物を渡すように頼んだだけなのかもしれない。

「いえ、美濃吉には兄弟はいません」

大家があっさり否定した。

「いないのか」

剣一郎は落胆した。

「かみさんには姉がおります」

「姉か……」

女では、助五郎の仲間になり得ない。いや、ひょっとしたら、連絡係か、あるいは一味の誰かの情婦かもしれない。

「姉はどこにいるのだろうか」

「病気で、どこかで養生していると聞きました」

「病気？　どこが悪いのか」

「さあ、そこまではきいていませんが」

「そうか」

「あっ、おしずさんが出かけて行きます」

「おしず？」

「美濃吉のかみさんです」

剣一郎は表を振り返った。丸髷の若い女が横切った。その手に、唐草模様の風呂敷包を抱えていた。

「礼を言う。私がいろいろ訊ねたことは他言しないでもらいたい」

あわてて、剣一郎は大家に言う。

「わかっております」

大家は真顔で答えた。

店を飛び出し、剣一郎はおしずのあとを追った。

大通りに出て、馬喰町三丁目のほうに向かった。剣一郎も編笠をかぶり、あとをつけた。

唐草模様の風呂敷包はゆうべ、助五郎が提げていたものだ。あれをどこかに届けるのだ。その届け先こそ、助五郎の仲間の可能性があった。

おしずが辻駕籠《つじかご》を呼び止めた。剣一郎は乗り込むまで立ち止まって待つ。

駕籠が動き出した。剣一郎は足早になる。駕籠は馬喰町四丁目を出て、両国広小路のほうに曲がった。

剣一郎は着物の裾を翻《ひるがえ》し、駕籠を追う。

駕籠は両国橋を渡り、回向院前を素通りし、さらに東へ向かった。亀沢町《かめざわちょう》を過ぎて左に折れ、そのまままっすぐ御竹蔵の裏手を進んだ。南割下水を過ぎ、やがて、石原町の手前で右に曲がった。

武家屋敷が続く。駕籠はまっしぐらに前に進む、やがて武家地から町屋に出た。駕籠は速度を緩めない。

横川を渡り、法恩寺の前を素通りする。柳島町《やなぎしまちょう》の手前で右に折れ、村地に入った。剣一郎は一定の間隔を保って駕籠について行く。

駕籠は押上村《おしあげ》に入ってゆっくりになった。そして、小さな寺の前で止まった。

おしずが駕籠から下りた。戻って来る空駕籠とすれ違い、剣一郎はおしずの姿を目に入れながらゆっくり歩を進めた。

おしずは近くの百姓家に向かった。

母屋《おもや》に寄り、すぐ出て来て裏にまわった。離れがあった。そこに向かうのだ。

おしずは庭先に立った。声をかけたらしく、障子が開いて、色白のやせた女が出て来た。うれしそうに、おしずを迎えた。

おしずの姉に違いない。おしずは部屋に入り、障子を閉めた。

陽は中天に上っていた。こんなところに突っ立っていると、付近の住民から怪しまれるので、さっきの小さな寺の前まで戻った。

山門の前に店はなにもなく、さらに戻ったところに大きな寺が二軒並んでいて、その門前には茶店があった。

剣一郎は手前の店に入り、いま来た道を見通せるように縁台に腰を下ろした。

「いらっしゃいまし」

婆《ばあ》さんが注文をとりに来た。

「甘酒でももらおう」

剣一郎は編笠をかぶったまま言う。青痣を見せて、へたに気を使わせたくないと思ったのだ。

待つほどのこともなく、甘酒が運ばれて来た。

「どうぞ」

「すまない」

礼を言い、湯呑みを受け取る。

ずっと歩いて来て汗ばんだが、落ち着いてくると寒くなって来た。湯気をたてた甘酒が届いた。

進藤勝之助と助五郎。助五郎とおしず、そして、おしずの姉。そこに、風呂敷包の荷物が介在している。

剣一郎の頭の中でひとつの仮説が形作られていた。進藤勝之助とおしずの姉の仲だ。おしずの姉の病名はわからないが、養生の身だ。その姉に、勝之助は高麗人参を与えていたのではないか。

甘酒を呑むうちに体が温まって来た。おしずが離れに入ってから、そろそろ半刻ほど経つ。

病人のところだから、そう長居はしないと思っていると、おしずの姿が目に入った。持っていた荷物はない。

おしずが行き過ぎてから、剣一郎は茶代を置いて茶店を出た。

剣一郎はおしずのあとを追うのではなく、さっきの百姓家に向かった。

母屋の戸口の前に立ち、剣一郎は戸を開けた。暗い土間に向かって呼びかけると、小肥りの女房が出て来た。

「私は八丁堀与力の青柳剣一郎と申す。離れの女子《おなご》のことで少し訊ねたいことがある」

剣一郎は編笠を外して言った。

「は、はい。なんでございましょうか」

女房は緊張して言う。

「まず、女子の名は？」

「おせいさんです」

「さっきやって来たおしずとの関係は？」

「おしずさんは妹です」

「うむ。何の病なのだ？」

「はい。労咳でございます」

「労咳か。で、そなたたちとおせいとの関係は？」

「私たちは直《じか》に知りません」

「というと？」

「あるお方から養生させて欲しい頼まれたのです」

「あるお方とは？」

「は、はい」

女房は言いよどんだ。

「言えないのか。言いにくいのなら、私から言おう。本所南割下水に住む進藤勝之助という小普請組の直参だな」

一瞬、目を見開いたが、女房はすぐに頷いた。

「そうでございます」

いつの間にか、女房の背後に亭主らしい男が来ていた。

「どうして、進藤勝之助がおせいのためにそこまでするのだ?」

「おせいさんは進藤さまのお屋敷に奉公に上がっていたそうです。それで、いつしかふたりは……」

「恋仲になったというのか」

「はい」

「進藤勝之助は労咳にかかっているな」

「はい。進藤さまが労咳にかかって、おせいさんが看病するうちにおせいさんも同じ病気にかかってしまったんです」

そのとき、背後から亭主が口をはさんだ。

「進藤さまはおせいさんが病気になったことに責任を感じているんです。空気のよい、静かな場所で養生すればきっとよくなる。だから、うちの離れを貸してくれと進藤さまから頼まれたのです」

やはり、高麗人参は自分のためでなくおせいのためだったのだ。

「進藤勝之助はよくここに来るのか」

「はい。毎日のように顔を出します。ときには高麗人参をもってきます。ほんとうに親身になって看病しています。ただ、ここ二、三日は、見かけません」

女房が首を傾げた。

進藤勝之助が火盗改めに捕まったことを知らないようだ。

「そなたたちと進藤勝之助とはどういう関係なのだ？」

「へい、私の母親が以前、進藤さまのお屋敷に奉公したことがあり、それから、勝之助さまの代になってもお付き合いが続いております」

「進藤勝之助がどういう連中とつきあっているか知っているか」

「いえ。ここにお出《い》でのときはいつもひとりですし、進藤さまはじかに離れに行かれますから」

そこまで言ってから、亭主がきいた。

「進藤さまに何か」

「進藤勝之助が火盗改めに捕まったことを知っているか」

「えっ？」

亭主がのけぞりそうになった。

「どういうことでございますか」

女房もむきになってきいた。

「江戸で、『朱雀太郎』と名乗る押込みが横行している。その一味の疑いだ」

「まさか。信じられません」

「あくまで疑いだけだ」

動揺を静めるように言ってから、

「で、おせいの容体はどうなのだ？」

と、きいた。

「だいぶ、顔色もよくなられたような気がします。まだ、軽いうちに、進藤さまがここで養生させ、高麗人参を服ませて下さっていましたから、回復に向かっていると思います」

「そうか。進藤勝之助のほうはどうだったのだ？」

「…………」

亭主は首を横に振った。

「お医者さまの話では、もう治らないということでした」

そう言ってから、女房は表情を暗くした。

「そうか」

剣一郎はやりきれないように、

「進藤勝之助がずっと現れないと、おせいはいずれ疑問を持つだろう。気をつけて見守ってやることだ」

「はい」

剣一郎は百姓家を辞去した。

それから、剣一郎は両国橋を渡り、馬喰町の長次郎店に戻って来た。陽は傾き、西陽が射している。

長屋木戸を入り、路地を行く。一番手前の家の腰高障子の前に立った。編笠を外し、戸に手をかける。

「ごめん」

と、剣一郎は中に向かって呼びかけた。

「はあい」

という返事とともに、おしずが出て来た。

剣一郎の顔を見て、微かに狼狽《ろうばい》をした。

「私は八丁堀与力の青柳剣一郎と申す」

「は、はい」

おしずは俯いた。

「そなたの姉のことで話がしたい。場所を変えたほうがよかろう」

「はい」

もう、用件には見当がついているようだった。

「では、神明宮の境内《けいだい》で待つ」

「畏まりました」

おしずの顔は青ざめていた。

ひと足先に神明宮に行き、剣一郎はおしずを待った。

おしずがやって来た。

「用件には察しがついているようだな」

「はい」

「悪いと思ったが、そなたが押上村に行くのにあとをつけさせてもらった。母屋に寄り、百姓夫婦から話を聞いて来た」

「姉は胸を患《わずら》い、養生をしております」

「進藤勝之助どのとは恋仲であったのか」

「はい。お屋敷に奉公に上がっているうちに深い仲になったのです。でも、身分違いですからどうしようもありません。でも、姉は仕合わせそうでした。進藤さまが病気に罹《かか》るまでは……」

「労咳だそうだな」

「はい。姉は懸命に看病していました。でも、半年ほど前に姉まで病気になってしまったのです。それで、進藤さまはあの百姓家の離れを借り、姉を養生させるために住まわせて下さったのです」

「進藤どのは高麗人参を手に入れ、服ませていたそうだな」

「はい。自分が伝染《うつ》してしまったと責任を感じ、姉のために高い高麗人参を借金してまで手に入れて、ご自分は服まずにみな姉に与えていました」

進藤勝之助は札差や高利貸しから金を借りて高麗人参を手に入れ、さらに隅田村で高麗人参を栽培している百姓家まで買い求めに行ったのだ。だが、金がつき、高麗人参を入手出来なくなった。そこで、『朱雀太郎』の仲間に入ったのだろう。

「進藤どのはだいぶ借金があるはずだ。それなのに、どうして高麗人参を買うことが出来たのだ？」

「わかりません」

「きのうの夜、そなたの家に三十ぐらいの男が高麗人参を届けたはず。知っている男か」

「いえ、きのうがはじめてです。進藤さまに頼まれてと」

「進藤どのに何があったか知っているのか」

「はい」

「なぜ、捕まったのかも？」

「進藤さまは姉を治したいばかりにあんな悪い仲間に入ってしまったんです。ご自分も患ってらっしゃるのに……」

おしずは涙ぐんだ。

空は薄暗くなって来た。そろそろ、大工の亭主も帰って来るころだ。

「よし、わかった。もうよい」

剣一郎は帰るように言った。

「進藤さまはいまどうされているのでしょうか」

おしずが不安そうにきいた。

「身柄は火盗改めの役宅にあるため、我らではわからぬ。しかし、進藤どのはもはや戻ってこれまい。おそらく」

「おそらく？」

「いや。わかり次第、教えよう」

「お願いいたします。進藤さまのお体が心配なんです」

そう言い残し、おしずは神明宮から引き上げた。

進藤勝之助は己の病気のことだけを考えている身勝手な男ではなく、好きな女の病気を治したいがために高麗人参を求めていたのだ。とはいえ、そのためにひとを殺害するなどの所業は許しがたい。

しかし、剣一郎は病気に罹った進藤勝之助に憐憫《れんびん》の情を抱いた。おそらく、死を覚悟しているのであろう。一度、会いたいと剣一郎は思った。

四

その日の朝早くから、十蔵の手下は荷造りをしていた。横になっている七兵衛の耳にあわただしく片づけている物音が聞こえていた。

片づけものは昼下がりには終わり、あとは静かになっていた。

きょうは痛みはなかった。だが、体の痺《しび》れはとれない。七兵衛は舌打ちした。もはや、毒を服まされたことは間違いない。鼠《ねずみ》取りに使う石見銀山《いわみぎんざん》に違いない。砒素《ひそ》だ。

七兵衛をうろつかせないために毒を見舞ったのだ。

臥《ふ》せっている間に、いろいろなことに思いを巡らせ、考え、やっとわかってきた。

そもそもの出発は、江戸を四分割したあとの割り振りだ。豪商が集まっている神田、日本橋、京橋、芝などの江戸の東南部に比べ、北部や西部は武家地や百姓地が多い。

東部を割り当てられた青龍の昌や南部を割り当てられた朱雀の哲はいいが、玄武の常と白虎の十蔵は不満を持っていたのではないか。

おかしらの秀太郎は重要な場所を昌五郎と哲太郎に任せた。もともと、おかしらは昌五郎と哲太郎を信頼し、常吉と十蔵には厳しかった。『朱雀太郎』と名乗り、青龍の昌の縄張り内である江戸の東部で押込みを繰り返したのは、おかしらへの挑戦だったのだ。

いや、単なる挑戦ではない。復讐だ。すでに、昌五郎と哲太郎は亡きものにし、さらに庄蔵も殺し、残るはおかしらと七兵衛だ。

もっと早くこのことに気づくべきだったと、七兵衛は悔やんだ。

梯子段を上がる音がした。十蔵だと思った。

障子が開き、案の定、十蔵が顔を出した。

「兄い、具合はどうだえ」

十蔵は枕元に座って、顔を覗き込んだ。口元に冷笑が浮かんでいる。

「どうもいけねえ。いっこうによくならねえ。薬をちゃんと服んでいるんだが、なかなかきかねえ」

十蔵を油断させるために、七兵衛は芝居をした。

「そいつはよくねえな。どうだえ、そろそろ、おかしらの居場所を教えてくれねえか。こっちの状況を手紙で知らせてやらないとな」

十蔵の目的は朱雀の秀太郎の居場所をきき出すことだ。

「ああ、わかっている。俺がこんな状態じゃ旅も出来ねえ」

「そうだ。おかしらの居場所を教えてもらえれば、手紙は俺が書く。兄いはゆっくり養生してくれ」

十蔵は親切ごかしに言う。

「ああ、そうさせてもらおう」

「で、どこにいるんだ、おかしらは？」

またも、ひとを射るような目つきで、十蔵はきいた。

「それより、きょうはなんだか階下が騒々しかった。引っ越しでもするのか」

「じつは、敵から逃れるためには適当な時期に場所を変えないと何があるかわからねえからな」

「そうか」

「で、兄い。教えてくれねえか」

十蔵がまたもきいた。

「わかった。おかしらからは誰にも話すなと言われているんだが、いいだろう。話そう」

「そうか。どこだ？」

「沓掛《くつかけ》だ。碓氷峠の近くだ。おめえは聞いたことはないか。おかしらの生まれ故郷だ」

嘘だった。おかしらは自分の生地を誰にも話していない。七兵衛自身も聞いたことがない。ただ、峠の近くの村だったという。貧しい幼少の頃、あの峠を越えたら何かあると、いつも夢見ていたという。その峠がどこか七兵衛も聞いたことはない。

「沓掛のなんという場所だ？」

「宿場の外れの常夜灯の近くだ。秀三《しゅうぞう》という名は、宿場中に知れ渡っている。なにしろ、気前がいいんでな。呑み屋なんかじゃ、お大尽《だいじん》さ。宿場で、秀三の屋敷ときけば、すぐ教えてくれるはずだ」

七兵衛は出まかせを言う。

「沓掛だな。間違いねえな」

十蔵の目が鈍く光った。

「俺がなぜ、嘘をつかなきゃならねえんだ」

「いや、すまねえ。よし、じゃあ、さっそくおかしらに知らせよう」

しらじらしく言い、十蔵は腰を浮かせた。

「そうだ。兄い。庄蔵兄いの居場所がわかりそうだ。じつは、洲崎《すさき》十万坪の一橋《ひとつばし》家の裏手で何日か前の夜中に、土を掘っていた数人の男がいたそうだ。今から思えば、死体を埋める穴を掘っていたんじゃねえかな。行ってみねえか」

「そこに、哲太郎と昌五郎もいるのか」

七兵衛は十蔵を睨んだ。

「おそらくな」

十蔵はとぼけた。だが、近い場所に埋められているのは間違いない。

「兄い、なんとか三人の供養をしてやろうじゃねえか」

「しかし、玄武の常はどうした？」

「わからねえ。たぶん、いっしょに殺されたんじゃねえかと思う」

十蔵ひとりの才覚か、常吉も仲間かどうか。それを探るためにも十蔵の誘いに乗らねばならない。

「行きてえな。行って、供養をしてやりてえが、こんな体じゃな。ちょっと動くと息切れがするんだ」

十蔵はいよいよ俺を殺しにかかる寸法だ。そこに行けば、十蔵の本性を暴くことが出来るが、ひとりでは抵抗も出来ない。

「兄い。よかったら、駕籠で送るぜ。早いところ、三人の死体を掘り返し、ふたりで供養してやろうじゃねえか」

「だが、きょうは動けそうにもねえ。明日ならだいじょうぶだ」

「わかった。明日の夜だ」

「よし。これで話が決まった」

十蔵は部屋を出て行った。

あとから、五助が出て行こうとした。

「五助」

七兵衛は声をかけた。

「へえ」

五助が敷居の前で足を止めた。

「お花が待っている」

七兵衛が言うと、五助ははっとしたように振り返った。

「このままじゃ、お花を泣かせるようなことになるのが落ちだ。こんな稼業の人間はみな、哀れなものだ」

五助の頬が震え、唇が動いた。

何か言いかけたが、五助は何も言わずに梯子段を下りて行った。迷っているのだと思った。

俺が頼れるのは五助しかない。助かるには五助を味方につけるしかない。いや、ふたりだけで、十蔵とその手下に立ち向かうことは無理だ。

十蔵はおかしらを裏切り、他人の縄張りを手に入れるために、仲間の哲太郎と昌五郎を殺し、庄蔵や七兵衛を手にかけ、さらにはおかしらをも始末しようとしている。

こんな極悪人にいまの七兵衛では対抗出来ない。

霧の鮒吉一味を火盗改めに垂れ込んだように、今度も火盗改めの手を借りるしかねえ、と七兵衛は腹をくくった。

問題はどうやって火盗改めに連絡を入れるかだ。鮒吉のときは、山脇竜太郎という与力に連絡をつけたのだ。今度も山脇竜太郎を頼ったほうがいい。

やはり、五助に頼むしかない。しかし、五助が火盗改めの屋敷に駆け込むのは無理だ。第一、役宅の場所を知らないだろうし、山脇竜太郎も知らない。

火盗改めに知らせることは難しいと、七兵衛は暗澹《あんたん》とした気持ちになった。だが、なんとかいい考えを絞り出さねばならない。

そうだ。山脇竜太郎が使っている密偵がいた。以前、どこかの盗賊の仲間だった男で、火盗改めに捕まったことから密偵になった男だ。

あの男はいつもは夜鳴きそばの屋台で監視を続けている。確か名前は千吉《せんきち》だ。緑橋の袂が多かったように思える。

よし、千吉を捜させよう。その前に、五助を説き伏せなければならなかった。

翌朝、五助が食事を運んで来た。ずっとおかゆだ。

「少しでも、お腹に入りませんか」

「いや。食えそうもねえ」

七兵衛は首を横に振る。

「無理してでもお腹に入れたほうが」

「いい。それより、五助。お花のところに帰る決心をしたか」

七兵衛は小声で言う。

五助ははっとして目を見開いた。

「無理だ。もう、どっぷり足が浸かってしまった。いまさら、脱けだせねえ」

「だいじょうぶだ。まだ、間に合う」

「だめだ。俺はもう心まで腐っちまっている」

「そんなことはねえ。おめえは俺が薬を服まずに吐き出していたのを知っていただろう。だが、何も言わなかった。十蔵にも訴えてねえ」

「それは……」

「いや、おまえの心がまだ完全に汚れてねえってことだ」

七兵衛はここぞとばかり、体を起こして訴えた。

「いいか、十蔵たちを火盗改めに売るんだ。仲間を裏切るってことに抵抗があるかもしれねえが、奴らだって仲間を裏切り、殺している。さらに、俺まで殺すつもりだ。そんな連中だ。いつ、おめえにだって刃《やいば》が向けられるかもしれねえ」

「…………」

「おめえ、外に出ることは出来るか」

「ちょっとなら」

「よし。どうせ、俺たちがここを出発するのは夜になってからだろう。その前に、ひとつ頼まれてくれ」

「なにを」

「日が暮れた頃、浜町堀にかかる緑橋の袂に行ってくれ。夜鳴きそば屋が出ていたら、亭主に千吉かと訊ね、山脇さんにこれを渡してくれと頼むんだ。十万坪の一橋家の裏手に『朱雀太郎』一味が集まると書いてある」

そう言い、ゆうべのうちに書いておいた書き付けを五助に渡した。

「それから、おめえはそのまま逃げるんだ。帰って来るな。いいか。おめえが『朱雀太郎』の仲間から足を洗う唯一の機会だ」

五助は震えながら書き付けを受け取った。

「じゃあ、怪しまれるといけねえから、もう行け。千吉だ。忘れるな」

黙って頷き、五助は部屋を出て行った。

十蔵め。おめえと心中してやるぜ。庄蔵、哲太郎、昌五郎、仇はとってやる。七兵衛は復讐に心が燃え立った。

五

その日の朝、剣一郎は火盗改め与力の山脇竜太郎に呼ばれ、いつもの横山町のそば屋の二階にいた。

早い時間で、店は開いていなかったが、亭主が二階の小部屋を提供してくれた。

「無念だ。せっかく、ここまで追い掛けていて」

竜太郎は歯噛みをした。

「わかります。悔しい気持ちは……」

剣一郎はなぐさめた。

きのう、老中より、正式に『朱雀太郎』の探索は横瀬藤之進の火盗改めがするようにとの沙汰《さた》が下ったという。

江戸で起きている事件は何も『朱雀太郎』だけではない。火付けや強盗事件も何件か発生している。ただ、『朱雀太郎』の件が連続的で大がかりなのだ。その大きな事件を横取りされたことが口惜しいのだ。

「先日の意趣返しだ。お頭が進藤勝之助への拷問を手控えるように忠告したことに対するいやがらせだ。横瀬さまが若年寄に何か言ったのだ」

怒りが収まらないように、竜太郎は口元をひん曲げた。

だが、それだけではなく、何かの探索で向こうの与力とかち合ったことがあったのかもしれない。

「我らは、進藤勝之助の女を探り当てた。以前、進藤の屋敷に女中奉公していたおせいという女だ。この女は病気で、どこぞで養生しているそうだ」

「押上村におります」

「なに、押上村？」

竜太郎は自嘲ぎみに笑って、

「そうか。やはり、青柳どののほうが我らより一歩先んじていたか」

と、ため息混じりに言った。

「我らも威張ったことは言えぬな。どうせ、青柳どのの後塵《こうじん》を拝しておるのだからな」

とたんに、竜太郎は気弱になった。

「『朱雀太郎』の件から引かざるを得ないのは無念でしょうが、他にも未解決の凶悪事件が残っています。それらを解決することも大事な使命。どうぞ、そちらに精を出してください」

「そうだの。青柳どのと話していて、迷いが吹っ切れた。気持ちの整理が出来た。よし、未解決事件に全力で立ち向かってみる」

目が輝き出していた。

「青柳どの。このとおり礼を申す」

「いや。では、引き上げましょうか」

「青柳どの。向こうに負けぬよう頼んだ」

「わかりました」

剣一郎は竜太郎の悔しさを受けとめて言った。

その日の午後、剣一郎は駿河台にある御先手組頭横瀬藤之進の屋敷に向かった。相手は一千石の旗本であり、剣一郎がいきなり訪問しても相手にしてもらえない。そのことを重々承知しながら、昔の誼《よしみ》にかけた。

ただ、会ってくれる見込みはあった。横瀬藤之進にとっては、剣一郎は宿敵なのだ。その思いが強いほど、剣一郎の訪問を受け入れるはずだ。そう思った。

門に近づくと、物見窓から鋭い視線が投げかけられた。門番が出て来た。

「拙者《せっしゃ》は八丁堀与力青柳剣一郎と申します。横瀬藤之進さまにお会いしたく、お取り次ぎを願いたい」

「お待ちくだされ」

門番は急いでどこかへ走って行った。

やがて、若い武士がやって来た。

「青柳さまですか。どうぞ」

若い武士は丁寧に剣一郎を招き入れた。

門内に入り、玄関に向かう。庭のほうに数人の男の姿が見えた。向こうが火盗改めの役所になっているのか。

玄関に入ると、若い武士が言う。

「お腰のものを預からせていただきます」

剣一郎は大刀を預けた。

「どうぞ」

若い武士に導かれて、剣一郎は玄関の脇にある客間に通された。

待たされるのを覚悟していたが、予想に反して、すぐに横瀬藤之進が現れた。大柄な体を、剣一郎の前に置くや、

「久しぶりだな、剣一郎」

と、豪放に切り出した。

「お久しゅうございます。ご機嫌麗《うるわ》しく、祝着至極《しゅうちゃくしごく》に存じます。また、このたびは『火盗改め』の大役に就かれましたこと……」

「堅苦しい挨拶はよい」

藤之進は剣一郎の言葉を遮《さえぎ》った。

「そなたの目ざましい活躍はわしの耳にも入っている。町人は青痣与力とそなたを尊敬しているそうな」

「恐れ入ります。が、どうやら話に尾鰭《おひれ》がついてお耳に達しているようにございます」

剣一郎は頭を下げた。

「なんの。しかし、あの頃のそなたから今日の姿は想像もつかぬな。まあ、お互い若かった。真下道場の竜虎といわれ、いい気になっていた時代もあった」

「それが、今日、火盗改めとして、そなたと張り合うような立場になるとは運命も皮肉なものよ。いや、運命はわしとそなたとの間に決着をつけさせようとしているのかもしれない」

「お恥ずかしい限りです」

藤之進の表情が一瞬険しくなった。

「先日、わしのところの藤太郎がそなたの倅の剣之助に会ったそうだな」

「はい。聞いております」

「まるで、若いころのわしとそなたを見ているようだ」

若いころのなにを見たといいたいのか。やはり、お互いに張り合ったことを指しているのだろうか。

「で、青痣与力がわざわざわしに会いに来たのは、単なる挨拶ではあるまい」

藤之進は射るような鋭い視線を向けた。

「横瀬さま。進藤勝之助に会わせていただきたいのです」

「ほう、進藤に会わせろと？」

藤之進は口元を歪めた。

「目的は？」

「その前に、進藤勝之助は口を割りそうですか」

「いや、口を割るどころか、何も食べようとしない。だいぶ、体が衰弱していっている」

藤之進は苦渋に満ちた顔をした。

「そうでございましょう。おそらく、座して死を待つ心持ちでいるのでしょう」

藤之進は不快そうに眉を寄せ、

「何か知っているな」

と、語気を強めた。

「はい。進藤勝之助は高麗人参を手に入れたいがために『朱雀太郎』の仲間になったのですが、それは自分のためではありません」

「どういうことだ？」

藤之進は厳しい顔つきになった。

「進藤勝之助には好き合った女子がおりました。その女子もまた、労咳にかかり、いま進藤勝之助の知り合いの家の離れで養生をしております。進藤勝之助はこの女子に病気を伝染《うつ》したことに責任を感じ、女子に服ませるために高麗人参を求めていたのです。決して、自分のためにではありません」

「…………」

「つまり、どんなことがあっても、進藤勝之助は口を割りますまい。その女子を守るためにも」

「うむ。で、そなたはその女子のことをだしに、進藤勝之助の自白を引き出そうとするのか」

「いえ、ただ、話がしたいだけです」

「話がしたいだけ？」

「はい。進藤勝之助は決して自白などしないでしょう。ただ、好きな女子の病気を治したいという思いからとはいえ、罪もないひとを手にかけていいはずはありません。そのことを諭したいのです」

「残念ながら、進藤勝之助になにを言っても無駄だ」

「無駄でも構いません。どうか、会わせていただけないでしょうか。ふつうなら、会わせてはいただけないのでしょうが、真下道場の同門のよしみで、横瀬さまにお願いに上がったのです。どうぞ、よしなに」

剣一郎は頭を下げた。

「同門とはいえ、青柳どのと親しく交わった覚えはない」

「無理を承知でお願いに上がったのです」

決然とした口調でなおも食い下がった剣一郎に、

「……もうよい」

藤之進はふと表情を鋭くし、

「あいわかった。会うことを許そう。ただし、与力を同席させる。よいな」

「わかりました」

そこは譲らないといけまいと、剣一郎は折れた。

藤之進が手を叩くと、若い武士が襖を開けた。

「大江伝蔵《おおえでんぞう》を呼べ」

「はっ」

若い武士は連絡のために立った。

しばらくして、細身の鋭い顔をした男がやって来た。

「お呼びでございましょうか」

「うむ。青柳どのを進藤勝之助のところに案内してやれ。そなたは、立ち会うように」

剣一郎からは見えなかったが、藤之進は目顔で大江伝蔵に何かを伝えたようだ。伝蔵は目顔で答えた。

「では、どうぞ」

伝蔵が剣一郎に声をかけた。

剣一郎は藤之進に黙礼し、伝蔵のあとに従った。

長い廊下を行くと、渡り廊下になっていた。別棟に行くと、座敷牢があった。その牢内の壁に寄り掛かっている男がいた。息が荒い。

おそらく、進藤勝之助であろう。

「何も食べないそうですね」

「そうです。我慢比べとなっております」

「いいえ、進藤勝之助は死を待っているのです」

「えっ」

伝蔵も顔色を変えた。

「どういうことですか」

「いま、わかります」

剣一郎が言うと、伝蔵はすぐに警護の武士に声をかけた。

「中に入る」

「はっ」

すぐに警護の武士は下男ふうの男に命じて。座敷牢の鍵を開けさせた。

まず、伝蔵が中に入り、引き続き剣一郎が入った。

「進藤勝之助」

伝蔵が声をかけた。しかし、反応はなかった。

勝之助の頬はこけて、手足も細くなっていた。

「進藤どの」

剣一郎は呼びかけた。

何度か呼びかけて、やっと進藤が薄目を開けた。

「南町奉行所の青柳剣一郎と申す。しばし、お話を願いたい」

しかし、勝之助は壁に寄り添ったまま首を横に振り、

「話をすることはない」

と、弱々しい声で答えた。

「おせいどのは、順調に回復に向かっているそうだ。安心いたせ」

勝之助が急に体を起こした。

「おせい……」

「そなたは、おせいに高麗人参を服ませたかった。その金を手に入れるために、『朱雀太郎』の仲間に入ったのだな」

「…………」

「三浦屋助五郎と称する男が馬喰町に住む大工の美濃吉夫婦のところに高麗人参を持って行った。その後、おしずが押上村で養生をしている姉のおせいのところに届けた」

勝之助は大きく目を剥《む》いている。痩せた顔なので、目だけが異様に大きく見えた。

「しかし、助五郎の運命もあとわずかだ。捕縛の日は近い。そうなったら、おせいに高麗人参を届ける者はいなくなる。おせいは高麗人参と縁を切らざるを得なくなる」

勝之助の顔は苦渋に満ちたものに変わった。

「それだけではない。このままでは、いずれそなたのことを、おせいが知ることになろう。そのとき、おせいはどうすると思うか」

剣一郎は鋭く迫った。

「そなたのことを知ったら、おせいは病気に打ち克《か》つ気力を失うかもしれぬ。それでもよいのか」

「おせい」

勝之助は呟いた。

「進藤どの。そなたは、おせいに病気を伝染したことを気にしているのだな」

剣一郎は穏やかにきいた。

「そうだ。おせいと恋仲になったあと、私は病気にかかってしまった。あるとき、私と同じ咳をしているのを見て、はっとしたんだ。このままじゃ、おせいの命も短くなる。耐えられなかった。そんなとき、高麗人参の話を聞いた。高価なものだったが、借金してまでも手にいれて服ませた。空気のいいところで養生させ、おせいの病気を治すことばかり考えた。そのうち、借金が膨《ふく》れ上がり、どこも金を貸してくれなくなった。困惑しているときに、声をかけてきたのが助五郎だった」

「助五郎が『朱雀太郎』か」

返事がない。

「よいか。おせいを助けたいために、そなたはひとの命をふたりも奪ったのだ。ひとの命と引き替えに、自分が助かったとして、おせいは喜ぶと思うか」

勝之助は肩を落とした。

「酷なようだが、そなたはもはや助からぬ。病気で死んではならぬ。病気で死ねば、同じ病のおせいへの影響が大きい。罪を告白し、身も心もすっきりして潔く、裁きを受けよ。そして、武士らしく見事に切腹して果てるのだ。その姿を、おせいに焼きつけさせよ。卑怯者のまま、死んではならぬ」

「わかった」

勝之助は顔を上げた。

「よし。改めてきく。助五郎が『朱雀太郎』か」

「もうひとりいる」

「もうひとり？　どういうことだ、『朱雀太郎』はふたりいるということか」

「そうだ」

「市助と名乗っている男か」

剣一郎は柳橋の船宿『平野家』で助五郎が会っていた男を思い出した。

「そうだ。市助だ。助五郎と市助は交互に押込みの采配を振るう」

「そうか。先日の神田鍋町『上州屋』に『朱雀太郎』が押し入ったとき、助五郎が加わっていなかったのは、そういう理由からか」

「ただし、手下たちはいつもいっしょだ。助五郎の手下と市助の手下はいつも行動を共にする」

「手下は何人だ？」

「私をいれず全部で七人。そのうち、ふたりが浪人だ」

「助五郎の住処は妻恋町、市助は南六間堀町で間違いないか」

「間違いない」

「最後に、もうひとつ。朱雀の秀太郎という名を聞いたことはあるか」

「ある。助五郎と市助は朱雀の秀太郎の手下だったそうだ。ふたりはおかしらに恨みを晴らすと言っていた。庄蔵という元の仲間も殺した」

「庄蔵?」

やはり、庄蔵は殺されていたのだ。

「なぜ、ふたりは元のおかしらにそんなに恨みを持っているのだ?」

「わからぬ。その前は、元の仲間をふたり殺したと言っていた。最後は朱雀の秀太郎を始末しないと落ち着かないと言っていた」

「よく話してくれた」

勝之助は苦しそうだった。

剣一郎は立ち合っている伝蔵に目をやった。魂の抜けたような顔をしている。

「大江どの」

剣一郎は声をかけた。

伝蔵ははっとしたように目をぱちくりさせた。

「どうかなさったか」

「いや……」

まだ、伝蔵は虚《うつ》ろな目をしている。

「終わりました」

剣一郎は牢を出た。

「驚きました。頑なに口をつぐんでいた男があのようにあっさりすべてを語るとは」

伝蔵が感嘆した。

廊下に出ると、横瀬藤之進が待っていた。

「殿、いや、おかしら」

伝蔵が近づき、

「進藤勝之助がすべて自白いたしました」

と、報告した。

「なに？」

「それでは私はこれにて」

藤之進に挨拶をし、剣一郎は玄関に向かった。

玄関で、片膝をついて剣一郎を見送った若い武士が横瀬藤太郎だと気づいたのは、屋敷を出てからだった。

外は夕闇が迫っていた。剣一郎は妻恋町に向かった。その脇を数頭の馬が走って行った。陣笠をかぶった横瀬藤之進と藤太郎の横顔が瞼《まぶた》に残った。

六

その頃、七兵衛は窓の外を眺めていた。ようやく、空に夕闇が訪れようとしていた。

五助が出かけたが、まだ戻って来ない。ちゃんと、渡せただろうか。七兵衛は気がかりだった。

十蔵が顔を出し、

「兄い、支度はいいかえ。そろそろ出かけるぜ」

と、声をかけた。

「ああ」

七兵衛は気取られないように窓から離れた。

十蔵のあとに従い梯子段を下りた。

尻端折《しりっぱしょ》りした手下が五人、車座になって待っていた。五助の姿がない。

「おや、五助はどうしたえ」

十蔵が険しい顔をした。

「神明宮にお参りして来ると言って出かけましたぜ。そういえば、遅いな」

手下のひとりが言った。

そのとき、五助が戻って来た。

「すいません」

「よし、行くぞ」

十蔵は疑うことなく声をかけた。

なぜ逃げなかったのだと、七兵衛は心の内で叫んだ。

五助に結果をききたかったが、迂闊《うかつ》に声をかけられない。だが、五助の表情が曇っているのが気になった。

まさか、渡せなかったのか。夜鳴きそば屋がまだ出ていなかったのかもしれない。

七兵衛は壁に手をかけながらゆっくり外に出た。戸口に辻駕籠が待っていた。

「さあ、兄い。乗ってくれ」

「わかった」

七兵衛は駕籠に乗り込んだ。

すぐに、駕籠が出発した。駕籠について来るのは十蔵だけだった。駕籠は北森下町の角を曲がり、東に向かった。やがて、武家地に入った。

五助や手下は遅れて来るようだ。駕籠かきに不審を持たれないためだろう。

駕籠は横川を越えた。辺りはだいぶ薄暗くなってきた。駕籠の先棒につるした提灯にまだ明かりは入っていない。

田圃《たんぼ》の中を左に曲がったとき、七兵衛はおやっと思った。十万坪の方面は右ではなかったか。十蔵は黙々と歩いて行く。

駕籠は橋を越えたが、竪川にかかる四ツ目橋《よつめばし》のようだ。別の場所に向かっている。

七兵衛は焦った。これでは、五助に託した書き付けも意味をなさなくなる。十万坪と記したのだ。

駕籠は亀戸天神の脇から津軽越中守《つがるえつちゆうのかみ》の下屋敷の裏手を通って、ようやく神社の前で駕籠が止まった。

七兵衛は駕籠を下りた。辺りはすっかり暗くなっていた。

駕籠を帰してから、十蔵が、

「兄い。すまねえが少し歩いてくれねえか。なあに、すぐだ」

と、含み笑いをした。

「十蔵。十万坪じゃねえのか」

「別に兄いを疑ったわけじゃねえが、じつは俺たちの隠れ家がこっちにあるんだ。ちょっと兄いに会わせたい人間がいる。さあ、兄い」

十蔵は急かした。

「よし」

七兵衛は覚悟を決めて十蔵のあとに従った。

神社から離れると、やがて前方の暗がりに百姓家が現れた。

十蔵が近づくと、中から戸が開いた。

若い男が十蔵を迎えた。

「来ているか」

「へい。お待ちです」

頷いて、十蔵は中に入った。七兵衛も続く。

「さあ、上がってくれ」

十蔵に勧められるまま、七兵衛は板敷の間に上がった。

「こっちだ」

奥の部屋に向かう。行灯の仄《ほの》かな明かりの中に、端然と座っている男がいた。

「連れて来たぜ」

十蔵が言った。

「七兵衛兄い。久しぶりだな」

男がにやつきながら言った。

「あっ、てめえは常吉」

七兵衛は唖然とした。

「そうか。そういうわけだったのか。ふたりは手を結んでやがったのか」

「兄い。立っていたんじゃ話も出来ねえ。座ってくれ」

「きさまら、哲と昌、それに庄蔵をどうしたんだ?」

「三人なら仲よくいっしょにいる。裏だ」

「兄い。座らねえか」

十蔵も背後から言う。

「ちくしょう。てめえら、おかしらを裏切りやがって」

「どっちが裏切ったんだ?」

「なに？」

「なぜ、俺と十蔵が割りの合わねえ割り振りをされなきゃならねえんだ。玄武の常だとか白虎の十蔵だとかいう異名がなんだ。哲太郎や昌五郎を贔屓《ひいき》にしやがって。俺たちが朱雀や青龍の異名を名乗るべきだったのだ」

「そうかえ。その不満から哲太郎や昌五郎を殺し、縄張りを奪ったのか」

「それだけじゃねえ。俺たちを軽く見やがったおかしらや兄いたちも許しちゃおけなかった。『朱雀太郎』と名乗り、青龍の昌の縄張りでおかしらの嫌いな火付け盗賊を働けば、必ずおかしらが乗り出して来る。そのときを待っていたというわけだ」

「てめえたちは屑《くず》だ」

「そんなふうに追い込んだのは誰でえ」

外が賑やかになった。手下が到着したのだ。

「おい、皆、集まれ」

十蔵の声で、手下たちが部屋に入って来た。その中に浪人がふたりいた。

「兄い、いや、七兵衛。改めてきくが、おかしらはどこだ？」

「言ったはずだ。沓掛だ」

「ほんとうの場所だよ。おめえが素直に喋るとは思っちゃいねえ。さあ、教えてもらおうか」

「沓掛だ」

「さすが、しぶといぜ。死ぬ前ぐらい、素直になったらどうだ?」

「どうせ、話しても殺されるんだ。だったら、話さねえよ」

「そうかえ。じゃあ、仕方ねえ。おい、五助」

いきなり、十蔵が五助を呼んだ。

「五助。おめえ、さっきどこに出かけていたんだ?」

「別に……」

五助が震えている。

どうやら五助は逃げそこなって連れ戻されたようだ。

「緑橋の袂で、夜鳴きそば屋を捜していたな。なんのために、捜していたんだ?」

「なんでもねえ」

「そうかえ。じゃあ、七兵衛にきこう。七兵衛、五助に何を頼んだんだ?」

「何も頼んじゃいねえ」

「そうか」

十蔵は顔を歪め、懐から匕首《あいくち》を抜き取った。手下が五助の両脇から体を押さえ込んだ。

「五助。てめえ、俺たちを裏切った。死んでもらうぜ。七兵衛、おかしらの居場所を言えば、五助を助けてやる。言わなければ、五助の命はねえ」

そう言い、十蔵は五助の喉に匕首の切っ先を突き付けた。

ひぇえと、五助が悲鳴を上げた。

「七兵衛、言え」

「ちくしょう」

「言わない気か。よし、仕方ねえ。五助、覚悟しろ」

十蔵は匕首を構えた。

「待て」

七兵衛は叫んだ。

「言うから、五助を放してやってくれ」

「言え」

「中山道の藪原だ。鳥居峠の下だ」

「そうか、藪原か。嘘じゃねえな」

「ほんとうだ」

「よし。それさえわかればおめえには用はねえ。七兵衛と五助を始末しろ」

十蔵が命じた。

「てめえ、約束が違う。五助は助けるという……」

「裏切り者を許すとでも思っているのか。やれ」

七兵衛は渾身《こんしん》の力を振り絞って五助の体を摑んでいる男に突進した。男がよろけた隙に五助の手を引っ張り、部屋の隅に逃れた。

「俺に任せろ」

髭面《ひげづら》の浪人が刀を抜いた。

「ちくしょう」

「七兵衛さん。すまねえ。夜鳴きそば屋はいなかった」

「そんなことより、俺が浪人に飛び掛かった瞬間、あの連中に突進して、この部屋から逃げるんだ」

七兵衛は五助に言う。

「覚悟しろ」

浪人が剣を構えた。

「行くぞ」

七兵衛は浪人の胸元に飛び込んだ。

「行け」

五助が出口に向かってかけた。

だが、次の瞬間、五助は弾き飛ばされ、転がった。七兵衛もつきとばされた。

「あがいても無駄だ」

十蔵の高笑いが、途中で止まった。

「騒ぎに気をとられ、ここに潜り込むのに気づかなかったようだな」

七兵衛は目を疑った。

十蔵の背中に刃を突き付けている百姓ふうの男がいた。

「誰だ、てめえは?」

「南町奉行所だ」

その声に、混乱を来《きた》した。

いつの間にか、若い武士が七兵衛と五助の前に立ちはだかるように立っていた。

剣之助は七兵衛と五助をかばいながら、

「『朱雀太郎』の面々、周囲は囲まれている。観念せよ」

と、大声を張り上げた。

「やろう」

髭面の浪人が斬り込んで来た。

剣之助は軽く弾き、相手の小手を打った。浪人はうめき声を発して刀を落とした。

その間に、他の賊が外に逃げ出した。外には京之進たちが待ち構えていた。

剣之助と隠密廻りの作田新兵衛が市助こと十蔵たちのあとをつけここにやって来たとき、京之進と文七も助五郎こと常吉のあとをつけてここまでやって来ていたのだ。

常吉ともうひとりの浪人が川のほうに逃げたのを、剣之助が追った。

「もう逃れられぬ。観念せよ」

剣之助はそう言い、ふたりに迫った。

「おのれ」

背の高い浪人ががむしゃらに斬りかかってきた。剣之助は十分に相手を引き付けておいて、相手の剣が頭上に迫る寸前に腰を落として、相手の脾腹《ひばら》を刀を返して打ちつけた。

浪人はたたらを踏んで前のめりに倒れた。

「そなたが、玄武の常というのか」

ひとり残った男に迫り、剣之助はさっき話に聞いたことを口にした。

「このやろう」

常吉が匕首を構えてつっかかってきた。

剣之助は身を翻して匕首を避け、常吉の肩を刀の峰でしたたか打ちつけた。

「剣之助さん」

京之進が駆け寄って来た。

「そちらはどうですか」

「片づきました」

「ごくろうさまです」

京之進が手札を与えている岡っ引きが玄武の常と浪人に縄を打った。『朱雀太郎』一味を数珠《じゅず》つなぎにしたあと、剣之助は七兵衛と五助の前に行った。

「怪我はないか」

「へい。ありがとうございます。お願いがございます。あっしの仲間が殺されてどこかに死体が埋められているはずです。どうか、捜してやってください」

「よし、わかった」

剣之助は玄武の常と白虎の十蔵のところに行き、死体の隠し場所を訊ねた。

「納屋の裏だ」

観念したように、十蔵が答えた。

果して、納屋の裏に行くと、土が盛り上がっていた。その付近を掘ると、男の死体が三つ出て来た。ひとつは新しいが、あとのふたつは一年ぐらい経っていそうだった。

「哲太郎と昌五郎です。こっちの比較的新しいのは庄蔵です」

「庄蔵というと、久松町に住む『十字屋』の？」

「へい。庄蔵も朱雀の秀太郎の一味でした」

そこに、剣一郎が駆けつけた。

「京之進、新兵衛、剣之助、文七よくやった」

剣一郎は称賛した。

いよいよ、寒さも厳しくなった。

冷え込んだ日の早朝、旅装支度の七兵衛が八丁堀の組屋敷にやって来た。『朱雀太郎』一味のお裁きが下った。玄武の常と白虎の十蔵は獄門《ごくもん》、あとは死罪と遠島がいる。

遠島の中に五助もいた。だが、改悛《かいしゅん》の情も深く、最後には仲間を抜けようとした情状を酌量され、短期間の遠島ということになった。

七兵衛は証拠不十分により、釈放になったのだ。

「では、五助の女房に、必ず五助は帰るからと伝えてやるのだ」

剣一郎は言った。

「はい」

「庄蔵のかみさんも、なんとかやっていけるだろう。安心して、旅立つのだ」

「なにからなにまでありがとうございました」

庄蔵の弔《とむら》いも立派に出し、哲太郎と昌五郎も押上村の墓に入った。

「朱雀の秀太郎と余生を慎ましやかにな」

「へい。青柳さまのご温情、決して忘れませぬ」

何度も頭を下げて、七兵衛は中山道は藪原に向かって出立した。

「それにしても、剣之助。よくやった。宇野さまや長谷川さまが褒めてくださった」

「いえ、私の手柄ではありません。父上から言われた男を見張っていたら、七兵衛が紛れ込んで来たのです。ある意味、七兵衛のおかげかもしれません」

剣之助は謙遜《けんそん》した。

「父上、進藤勝之助はいつ？」

「おそらく明日であろう」

勝之助に切腹の沙汰が明日にも下るはずだった。

「横瀬さまは、今度のことをどうお考えなのでしょうか」

「わからぬ。ただ、横瀬どのは若年寄には、火盗改めが進藤勝之進を捕らえたことが一味の捕縛につながったと吹聴しているそうだ」

「そうですか」

「さあ、そろそろ朝餉だ。入ろう」

「はい」

剣一郎は屋敷の中に入った。

ふと、志乃とるいの笑い声が聞こえた。るいの縁談がどうなったのか、たちまち、剣一郎の胸が引き裂かれそうになった。

難事件の解決のあと、さらに大きな問題が剣一郎を待ち構えていた。

一〇〇字書評

朱刃

切り取り線

購買動機（新聞、雑誌名を記入するか、あるいは○をつけてください）			
□（　　　　　　　　　）の広告を見て			
□（　　　　　　　　　）の書評を見て			
□ 知人のすすめで		□ タイトルに惹かれて	
□ カバーが良かったから		□ 内容が面白そうだから	
□ 好きな作家だから		□ 好きな分野の本だから	
・最近、最も感銘を受けた作品名をお書き下さい			
・あなたのお好きな作家名をお書き下さい			
・その他、ご要望がありましたらお書き下さい			
住所	〒		
氏名		職業	年齢
Eメール	※携帯には配信できません	新刊情報等のメール配信を 希望する・しない	

この本の感想を、編集部までお寄せいただけたらありがたく存じます。今後の企画の参考にさせていただきます。Eメールでも結構です。

いただいた「一〇〇字書評」は、新聞・雑誌等に紹介させていただくことがあります。その場合はお礼として特製図書カードを差し上げます。

前ページの原稿用紙に書評をお書きの上、切り取り、左記までお送り下さい。宛先の住所は不要です。

なお、ご記入いただいたお名前、ご住所等は、書評紹介の事前了解、謝礼のお届けのためだけに利用し、そのほかの目的のために利用することはありません。

〒一〇一－八七〇一
祥伝社文庫編集長　坂口芳和
電話　〇三（三二六五）二〇八〇

祥伝社ホームページの「ブックレビュー」からも、書き込めます。
http://www.shodensha.co.jp/bookreview/

祥伝社文庫

朱《しゅ》刃《じん》　風烈廻《ふうれつまわ》り与力《よりき》・青柳剣一郎《あおやぎけんいちろう》

平成24年10月20日　初版第1刷発行

著　者　小杉健治《こすぎけんじ》
発行者　竹内和芳
発行所　祥伝社《しょうでんしゃ》
東京都千代田区神田神保町3-3
〒101-8701
電話　03（3265）2081（販売部）
電話　03（3265）2080（編集部）
電話　03（3265）3622（業務部）
http://www.shodensha.co.jp/

印刷所　堀内印刷
製本所　ナショナル製本
カバーフォーマットデザイン　中原達治

 ISBN978-4-396-33797-1 C0193